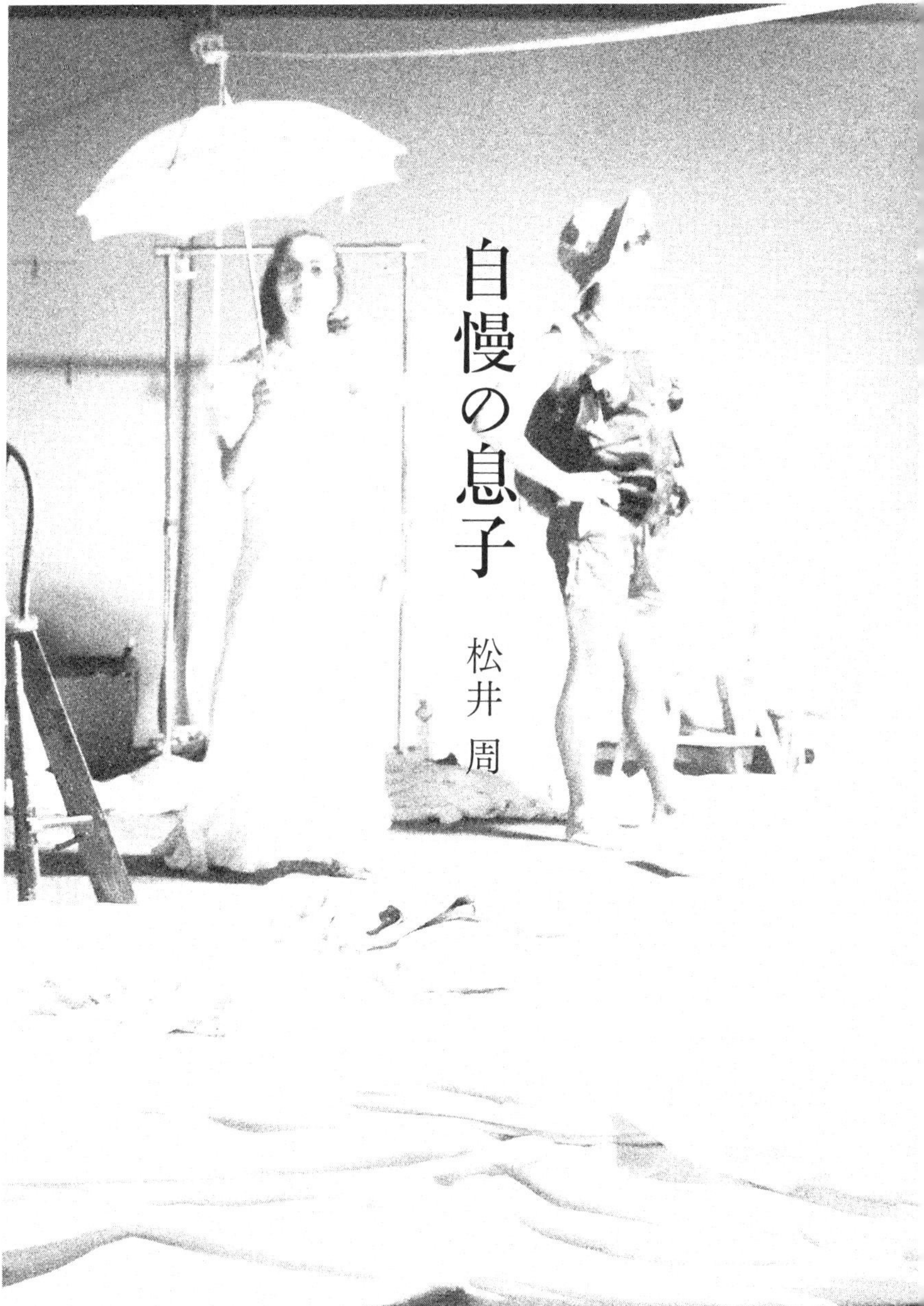

自慢の息子

松井周

白水社

カヴァー写真　momoko japan
扉写真　青木司
装幀　京(kyo.designworks)

目次

自慢の息子

The Treasured Son

登場人物

正の母
正
男
兄
妹
隣の女

中央にイスが一つ。
正の母、登場し、イスに座る。
まわりを見渡した後、持ってきた水を飲んで呼吸を整える。

正の母　……

正の母、水を飲む。

正の母　……お前は人前であんまり喋《しゃべ》るなってね、死んだお父さんもよく言ってたんですよ。「お前は要領《ようりょう》を得ない喋り方をするから、うんうん頷《うなず》いてればいいんだ」ってね、うんうん、うんうんって、そうやって頷いてればいいんだって。

男、登場。フォーク代わりにナイフを使ってフルーツを食べる。

男　はい、はい。それで？
正の母　そうしたらいつの間にか、こうやって（首を縦に小刻みに振る）うんうんしてるのが癖になっちゃって、誰に向かってもうんうん、うんうん、独《ひと》り言《ごと》言うときも（縦に首を振る）、鏡に向かっても（縦に首を振る）うんうん、うんうん……

男　バカの一つ覚えみたいにね。

正の母　お父さんも気味悪がって、お前と一緒には外に出たくないって言い出して、喋ってもくれなくなって、ひどいでしょう？　自分で言い出したのに。でもある時お父さん万歩計《まんぽけい》買ってきて「これつけてみろ」って放るんですよ。万歩計。しょうがないから頭に手ぬぐい巻いてつけてみたら、これが……良かったんですよ。目標が出来てね。人生に。

男　あ、そう。

正の母　「あー、今日は七千回頷いたなあ。明日はもっと頑張《がんば》ろう」とか。さーっと目の前が開けた感じがしてね。お父さんもそれからは「おい、今日は何回だ？」なんて聞いてくれたりして。会話はそれだけでしたけどね。

男　いいお父さんじゃないですか。

正の母　ええ……今思うと、「あー、悪いことしたなあ」と思って、私、お父さんに。こんなバカと結婚して。本当はもっとふさわしい人がいたんじゃないかってね、そう思うんですよ、本当に。

男　そんなことないでしょう。（カバンから土産物《みやげもの》の人形を取り出して）これ、お父さんだと思って。これ、お父さんに似てる？

正の母　（土産を品定めするように）いや、ちょっと似てないです。

男　（人形をカバンにしまいながら）あ、そう。

正の母　……でもね、息子はね、一人息子がいるんですけどね、この子は本当に立派、私と違って。こんなこと言うと自慢みたいであれですけど……でもまあちょっと言わせてもらうと、

男　ああ、言うんだ。

正の母　あの人よりも偉いんじゃないかっていう噂《うわさ》もね、あるのかな？……何ですか？　あの、馬小屋で生まれたっていう、石投げられたりね、何ですか？　あの、磔《はりつけ》にされたって……

男　キリスト？

正の母　まあ、例えるならね、らしいですよ？　私が言ってるわけじゃないんですけど、何かそうらしいってね、噂があるみたいですよ？

男　（カバンからキリストの像を出して）掘り出し物。八百円。

正の母、男の言葉を無視する。

正の母　（絵はがきを取り出して）これなんですけどね。

ハワイの絵はがきが壁に映し出される。

正の母　ハワイですね。私がハワイに行きたいって昔から言ってたから。それ覚えててこの絵はがきをくれたんですよ。こんなこと書いてあったんですよ。「この度、国を作りました。元気にやっています。正。」

正の母、バッグからムームーとサングラスを取り出して着る。

正の母　びっくり。国を作っただなんて！　きっとハワイみたいな国なんでしょうね。正の国は。正って名前なんです。古川正。それが息子の名前です。タダシ。世の中を正してくれる、正義の味方になるようにって、お父さんがつけてくれたんです。タダシ。

男　あ、そう。

正の母　早速行ってみようと思うんですけど、えーと、カバンと服と……あと漬け物と。他に何が必要かしら。

男　雰囲気《ふんいき》に馴染《なじ》む必要があります。

ハワイの絵はがき、消える。
男、バッグからたくさんのモノを取り出す。絵はがきやオルゴールなど、その多くが土産物のようなガラクタである。

男　（バッグから小瓶を取り出して）こちらがワイキキビーチの砂です。……（ペットボトルと缶詰を取り出して）そして、ワイキキの海の水、と、はい、空気。

正の母　（首を振る）あらあら、あらあら……これ、本物？

男　本物です。持って行きます？

正の母　いいんですか？

男、バッグから電卓を取り出して、計算する。

男　しめて五千円。

正の母　結構です。

男　残念。では、こちらでお待ち下さい。これから始まる快適な旅をごゆっくりお楽しみ下さい。

男、去る。

安物のオルゴールのような音が鳴り出す。

夜景が壁に映る。正の母、絵はがきを見る。やがて眠りに落ちる。

壁に「正」の文字が浮かび上がる。「The Kingdom of Tadashi」とその下に浮かぶ。

正、妹、登場。

正、舞台いっぱいに布を拡げていく。

オルゴールの音が電話の保留音に似てくる。

保留音がカットアウト。

妹　もしもし。お待たせいたしました。

正　……あ、もしもし、あー、危ない……ねえ、あのさあ、これあと十秒遅かったら切ってたよ。こっちから。

妹　失礼いたしました。

正　……それで？

妹　はい。ただいま上司は電話中でして、こちらから折り返し……

正　え、他にいないんですか？　とにかくあなたじゃ埒があかないから……

妹　まあ、ですからチラシの件はアルバイトが行っているものですから……

正　だから何度も言ってますけど、ポストに入れないでって言ってよ。それだけ。

妹　そちらのマンションに共同のゴミ箱があると思いますが……

正　何それ？……そういう問題じゃないんですよ。だってその分ゴミになるんだから。その分CO_2を排出するわけだから。このまま行ったらどうなります？

妹　えーと、

正　あのねえ、地球滅亡ですよ。

妹　はあ。

正　だから、幸せの形って何ですか？　って話ですよ。さっきから言ってるのは。セミは幸せですか？　それとも不幸せですか？

妹　セミ、ですか？……わかりません。

正　そうですか。仕方ない。じゃあ、まずセミの幸せについて一緒に考えてみましょうか。

妹　あの、ですから、そういったご意見やご相談は、リモートサービスに一度ご入会いただいて言っていただく……

正　意見言うのに金払わなきゃいけないんですか。

妹　いえ、今でしたらお試しサービスですので。二ヶ月後にご解約いただければ無料です。

正　入りません。
妹　今の期間のみの無料なんですけれども……
正　だから上の人に変わってよ。
妹　お試しサービスのご検討はいかが……
正　お試しもサービスもいらないから。
妹　失礼しました。今一度調べましたところ、お客様のポイント分を加算しますと、さらに二ヶ月無料に……

正　勝手に加算するなよ、ポイント！
妹　勝手ではなくて、ですね……
正　上司出せって言ってるんだよ、こっちは！　お試しもサービスもポイントも、何にもいりませんから！

妹　……
正　えーと、あれ？
妹　いらないって？　何も？
正　え？
妹　……偶然ですね。今日同じこと三回言われました。……私、いりませんか？
正　いらないって、あなたのことじゃなくてね。
妹　あなたの言ってること全部正しいです。チラシいらないっていうのも、お試しサービスいらないのも、あたしがいらないのも……

正　だから、それは言ってないって。
妹　でも、これ私の担当なんで。私、つまり、担当浅沼《あさぬま》が承《うけたまわ》る必要があるんです。
正　あなたはいらなくないですよ。
妹　いえ、気使わないで下さい。
正　本当に。
妹　え？　それなのに怒鳴《どな》ったんですか？……じゃあ、私も怒鳴り返してもいいですか？
正　え？
妹　不公平なんで。だって、そんな、ここの職場、みんな一方的に怒鳴られてばっかりなんですよ。だから、カウンセリング受けてるんです。精神的にかなりきついんで。

正　会社のせいでしょう。
妹　そうですよ。……あー！　もう！　ふざけんな！
正　え？　誰に怒鳴ってるんですか？
妹　……だめだ。発散すれば静まるなんてウソ。余計、腹が立ってくる。しかも、これでクビ決定だ。

正　そうなの？
妹　はい。録音してるんで。……あ、上司がこっち見てます。あ、来た来た。あ、あー、あー！
正　あの！……こっち来ませんか？
妹　え？
正　あのー、今私ね……いや、そんな大したことじゃないんだけど、面白い場所を作ってみたんですよ。

妹　面白い場所？

正　そう、一度遊びに来ませんか、お時間ありましたら。

隣の部屋からか、甲高い声のロック音楽が流れる。

正　（音の鳴る方を見て）あー！　くそ！

正、電話を切って、去る。

隣の女、登場。ルーズな格好である。ロープを張って、洗濯物を干していく。派手できわどい下着やドクロマークのTシャツ、ヒョウ柄のブラウスなど。

隣の女　（洗濯物を干しながらロック音楽を歌う）

隣の女、去る。

正、登場。洗濯物の下着を見ている。

隣の女、登場。

正、慌《あわ》てて去る。

隣の女、干し忘れた洗濯物を一つ干してから去る。

兄妹、それぞれ反対の方向から登場。

兄　おす。暑いね。

兄、キャリーバッグを引いている。妹はボストンバッグを二個背負っている。

妹　うん。
兄　しかし、昨日は眠れなかったな。緊張して。
妹　あたし、眠れた。睡眠薬飲んでるから。
兄　あんまり使わない方がいいと思うよ、そういうのは。
妹　だって眠れないから。
兄　そんな夜もいいよ。
妹　よくない。
兄　あ、そう……本当に俺も行っていいの？
妹　大丈夫だよ、多分。それに行くとこないじゃない。
兄　うん。
妹　そっちは？　仕事は？
兄　うん。辞《や》めてきた。昨日送別会だったよ。花束と、ほら、色紙をもらったよ。
妹　へえ。

兄、花束と色紙を妹に渡す。

妹、花束を放り投げ、色紙を破り捨てる。

兄　あー！

妹　まだわかってないの？　自分の立場を。余韻《よいん》に浸《ひた》ってる場合じゃないでしょう？

兄　だって、付き合いだから。

妹　付き合いを絶つんでしょう？　修道院に入るつもりでいるべきじゃないの？

兄　わかったよ。……お前は仕事どうするの？

妹　見つけるわよ。

兄　悪いね。

妹　悪いよ。

兄、キャリーバッグからスケッチブックを取り出す。

兄　昨日、実家掃除《そうじ》してたらこんなの出てきたよ。

妹　あー、懐かしい。これお兄ちゃんが持ってたんだ。

兄　ああ。お前が大事にしてたシール、これに貼ったらすごい怒ってたよな。

妹　だって、こっそり見るためのシールだったのに。

兄　「もういらない！」って言って捨てちゃったんだよな。だから俺それを拾ってずっと持ってたの。
妹　そうだったんだ。

妹、切り取った絵がたくさんはさんであるスケッチブックをパラパラとめくる。

兄　それは？
妹　（絵を兄に見せて）プリンセス・咲子《さきこ》。私が描いたマンガ。ダンスしてるの、アンソニアと。
兄　へー。
妹　うわー。

妹、パラパラと絵をめくる。

兄　俺の絵も混ざってるな。タイヤの絵は俺のだよ。タイヤが好きだったから。
妹　車の前にかけだして轢《ひ》かれそうになったもんね。
兄　そうそう。

母親、父親マークが出てくる。

妹　わー、懐かしい。
兄　それ、ママで……パパも。
妹　(母親・父親マークを掲げて）これ、飾ろうね。お墓。
兄　生きてるよ。
妹　でも死んだことにしないと。
兄　無理だよ。
妹　何で？　無理じゃないよ。思い出にしちゃえばいいんでしょう？　もう戻れないんだから。
兄　戻れないかな。
妹　何、弱気になってるの？
兄　俺、実家のトイレじゃないと大きいのはできないんだよ。
妹　どうして？
兄　誰かがどっかから襲ってきそうな気がして。
妹　それは小学生の頃の話でしょう？
兄　水でもゴミでも人でも、何でも上から降ってきたよ。
妹　ダメよ、そんなんじゃ。どこでも出来るようになって。
兄　努力するよ。
妹　じゃなきゃ、オムツはいて。
兄　ああ、それが現実的かな。
妹　そう。今までと何もかもが変わるの。もう戻れない。

兄　さようならママ！

妹　さようならパパ。

兄　（妹に）愛してる。

妹　（兄に）あたしも。

兄、妹に触れようとする。

妹　だめ。

兄　うん。

妹　そのまま。そのまま触《さわ》らずに私を愛して欲しい。

兄　触らないよ、絶対に。

兄妹、触らずにお互い興奮を高める。

妹　約束して。いつまでも好きでいるって。信じさせて。ここにだけ、あたしとお兄ちゃんの間にだけ、本当に価値のあるものがあるんだって。

兄　約束する。誰にも邪魔させない。でも誰もこの楽園への入口がどこにあるか知らないから。だから大丈夫だよ。

男、赤い折りたたみ傘を旗のように掲げて登場。指笛を吹く。
兄妹、身体を離す。

男　お待たせしました。
兄　あ、どうも。ガイドの方ですか？
男　はい。ガイドです。こんな格好してますんでね。
妹　よろしくお願いします。
男　よろしくどうぞ。一ついいですか？
兄　はい。
男　だいぶ軽装ですけど、大丈夫ですか？
兄　ああ……まずいですか？
男　いえ、そのへんは各自にお任せしております。ただし、こちらでは何があっても一切《いっさい》責任は取りませんということでやっております。

妹　サンダル、まずいかな。
兄　どうだろう？……どうですか？
男　さあ。

男、バッグからジョギングシューズを取り出す。

妹　あ、ありがとうございます。
兄　すいません。

妹、ジョギングシューズを履こうとする。

男　一万円。
兄　え？
男　九千五百円。
妹　貸してもらえるわけじゃ……
男　ないですよ。……じゃあ、勉強して……五千円。
兄　あ、それなら、な？
妹　ダメ！　だって、お金ないんだよ。結構です。
男　（がっくりと膝《ひざ》をつくような大げさなリアクションをする）
兄　すいませんでした。
男　まったく……これから向かう先は秘境《ひきよう》中の秘境です。意識を高く持っていただかないと、ちょっとしたことが大変な事態を招くということもあるわけです。

妹　でも絶対必要なわけでもないんでしょう？
男　それは考え方次第ですね。絶対と言わないですけれど、確率的にはとても高いわけです。
妹　じゃあ、そう言えばいいのにね。

男　いえ、私は絶対に責任を取らないということをまず強調したいんです。あの国は責任取れませんから。保険がきかないんで。
兄　住めば都なんてこともあるんじゃないですか？
男　一生、刑務所の中みたいな可能性もね。

正の母、イスから立って、男たちと合流する。

正の母　おはようございます。
男　おはようございます。よく眠れましたか？
正の母　夜汽車《よぎしゃ》は年寄りにはこたえますね。

兄妹、サングラスをかけた正の母のムームー姿をじっと見る。

兄　こちらは？
男　ああ。正のお母さんです。
正の母　どうも。初めまして。正の母です。
兄　はじめまして。
妹　どうも。
正の母　あらー、若い。若い方にも人気があるんですか？　正の国は。

兄妹、お互いの顔を見合う。

兄　……あ、はい。ありますよ。隠れ家的なあれで。

妹　(正の母を指して)こういう格好でも大丈夫なんですか?

男　あー、自己責任で、はい。

正の母　水着忘れちゃったんですけど、向こうにあるわよね。

妹　……いや、どうですかね?

男　売りましょうか?　ビキニですけど。

正の母　いい、いい!　そういう若者のやつじゃなくて、あたしなんかが着てもいいようなね、そういうのないかしらね、シュミーズみたいのでもいいんだけど。シュミーズ。ないかしら?　シュミーズ。

兄　シュミーズ、ですか……どうだろう?

正の母　あなたたち、サングラスしないの?

妹　え?

正の母　(自分のを指して)こういうの。向こうは日射しが強いから気をつけないと。

兄　じゃあ、僕らも向こうで手に入れます。

男　それぐらいは貸してやる。

男、サングラスを三つ取り出す。各自がかける。

男　さあ、フェリーが出発するよ。

風が吹いてくる。
男、正の母、兄妹、風の方向を見る。
光が差す。その光が段々柔らかくなる。
スクリーンに豪華客船の絵はがきが映る。
各自、ワインのグラスなどを持ちながら、楽しそうに過ごしている。
ゆったりとした音楽が流れる。
正の母、イスに座る。

正の母　ガイドさんがどんどんワインを注いでくれて、ふらふらになって甲板を歩いていたら、屈強《くっきょう》な水兵さんに抱きかかえられて、「大丈夫ですか？　マダム」なんて言われて、「いいえ、これはダンスなの、ダンスのステップを踏んでるのよ。私と踊って下さらない？」って言ったら、水兵さんが顔を真っ赤にしながら「私でよろしければ。マダム。」なんて言うもんだから、こっちもわざと胸を押しつけたりして意地悪しちゃうの。

男、兄、妹、荷物を枕にして寝る。

正の母、座りながら段々眠り込む。

隣の女、登場し、しばらく呆然《ぼうぜん》と立っている。

洗濯物を黙って干す。その中に子供用のヒーロー物の衣装のようなものがある。その腕に手を通して、腹話術の人形のように操る。母と子がじゃれあっているような形になる。

隣の女、去る。

男　着きましたよ。
兄　（起きて）うーん。
正の母　（水を飲んで）やっぱり日射し強いわね。
兄　（妹をさすり）おい、着いたぞ。
妹　……（起きない）
男　（携帯電話を取り出して）連絡してみます。
男、携帯電話を持って歩き回るが繋《つな》がらない。
兄　（さらに妹をさすって）起きろって。
妹　いや！
妹、兄の手を振り払って寝たまま転がる。

兄　しょうがねえな。

兄、暇つぶしにポータブルゲームを取り出して始める。

正の母、日傘をさす。

正、登場。物陰からそっと妹を見る。

妹　（寝言だが仕事の口調で）「もしもし、お待たせいたしました。かしこまりました。ハイ、浅沼が承ります。よろしくお願いいたします。（繰り返す）」

正、妹に布を被《かぶ》せる。

正の母　息子はね、本当にね、優しい。優しすぎて困っちゃうくらい。そう、よく捨てられた猫を拾ってきましたよ。

男、猫のぬいぐるみを洗濯ロープに吊って、猫の身体を押す。すると鳴き声が流れる。

男　千円。単三電池で鳴くから。

正の母　（無視して）家に入れるとお父さんが怒るから、団地の横の植え込みにダンボールを置いて、そこでこっそり飼ってましたね。

正、妹に被せた布を妹の輪郭が浮き出るように整えていく。

正の母　どこで探してきたのか、車に轢かれた猫とか、栄養失調の子猫をまとめてね。「病院」って言ってましたね、ダンボールのこと。「母さん、今日も病院行ってくる」って言って。自転車が「救急車」で、パンくずと牛乳が「薬」なんですよ。結局、夜中にミャアミャアと鳴く猫たちはすぐに他の住民に見つかって処分されちゃったんですけどね。でも息子は猫を拾ってきてはまた、こっそりと飼っていました。それがまるで自分の使命かのように。

男、携帯電話をしまい、荷物を持つ。

男　行きましょう。
兄　あれ？
男　何？
兄　妹がいない。
男　トイレでも行ったかな。
兄　いや、寝てたから。ここで。（正の母に）知りませんか？

正の母　さあ。

男　勝手な行動は慎《つつし》んで欲しいんですけどね。

兄　すいません。

正の母、男、兄、妹を捜しに去る。

正、登場。周りを見渡す。最初に拡げた布をさらに拡げて領地を作る。

誰もいないことを確認すると、妹を連れてきて横たわらせる。

正、小さなスピーカーを用意して、小川のせせらぎやセミの声などを流す。

妹　（起きて周りを見渡し）え？

正　え？

妹　あれ？……ここ、どこですか？

正　あー……そこは「せせらぎの里」。

妹　……は？

正　ようこそ。「タダシ」へ。

妹　タダシ？

正　浅沼さんでしょう？

妹　……誰ですか？

正　正です。古川正です。……「セミは幸せですか？」

妹　……あー。
正　「タダシ」の国へようこそ。
妹　あの、他の人達は？
正　さあ。
妹　兄とガイドさんと、あと、あなたのお母さんとも一緒でした。
正　あれかな？　入国の手続きで引っかかってるのかな？
妹　そうかもしれません。
正　まあ、僕からちょっと言っておきます。
妹　ありがとうございます。あの、本当にこちらにお世話になってよろしいんでしょうか？
正　うんうん、何とかしますよ。……（携帯電話をかけて）アー、アー、マハル、マハル。
　　……うんうん、やっぱり色々引っかかってるみたいで。これで大丈夫ですよ。
妹　あの、何ですか？　今の。マハル……でしたっけ？
正　タダシ語のこと？
妹　はい。
正　基本的には「はい」、「いいえ」しかないから。「マハル」が「はい」で「バハツ」が「いいえ」。
　　後はそれの組み合わせで。
妹　それだけなんですか？
正　それだけ。少ない方がいいでしょう？　言葉なんて。
妹　へー。でも「はい」でも「いいえ」でもないことはどうなるんですか？

正　「マハルバハツ」。

妹　いえ、あの、「食べる」とか。

正　何でもいいよ。わかるもん、そのぐらい。身振りでさ。

妹　ああ、はい。

正　でもタダシ語は普段そんなに使わないからね。祭りの時かな？　一番使うのは。

妹　祭り？　あ、祭り、好きです。どんな祭りがあるんですか？

正　どんなって。祭りは、祭りだからね。祭りっぽくなったら、それが祭りだから……どんなって言われてもそれは……ねえ……

妹　あ、すいません。

正　考えすぎだよ、色々。もっと何でもなく、いていいからね。何でもない国だから、タダシは。

妹　はい。この辺に住ませてもらっていいんですかね？

正　どうぞ、どうぞ。

妹、スピーカーと音源に気付く。

妹　あの、（スピーカーを指して）これは何ですか？

正　ああ、それは……

正、スピーカーを触ると、牛の鳴き声がする。

妹　うわー。

妹、音源をいじると、海の音や雨の音、都会の喧噪《けんそう》、笑い声などがスピーカーから流れる。

妹　ああ！……何か……はい。
正　ご自由に。
妹　ありがとうございます。

妹、正を見てニヤニヤする。

正　……何ですか？
妹　髭《ひげ》、いいですね。
正　え？……あ、そう？
妹　はい。好きなんですよ、髭。

妹、正の髭を触る。

正　まあ、髭は……髭だから……

妹　すごい。髭っぽい。

正　そ、そう?……髭が髭っぽい……なるほど、それは……

妹　お父さんも髭生やしてたから。

正　ほう……なるほど、それは……

妹　かわいいですね、何か。

正　(身体が硬直して)……

隣の女、登場。

隣の女　いるー?

正　(独り言のように)何だよ、うー!

隣の女　いるなら返事してよ。何かお客さん。

男、兄、正の母、登場。

男　失礼しまーす。お届けものでーす。はい、こっち、こっち。

兄　あ!　いた!

妹　お兄ちゃん!

兄妹、近寄って見つめ合う。

正の母　正！　正！

正　え？

正の母　（サングラスを外して）やっと着いたよ。

正　どこ行ってたんだよ。

正の母　随分《ずいぶん》探したよ。（隣の女を指して）この人が教えてくれたの。お礼言いなさいよ、ちゃんと。

正　ああ。……（隣の女に）どうも。

隣の女　うん。ほんじゃ。

正の母　ありがとうございました。（バッグから漬け物を出して）これ、うちで漬けたものです。

正　いいから、もう。

隣の女　あー……ありがとう。

隣の女、去る。

兄妹、場所を決めて、布を持ち上げて壁を作るようにして部屋にする。

その場所で自分の荷物をほどき始める。

男　こちらにサインお願いします。

正　（サインして）いつもすいません。

男　まあ、無事案内したんで。

正の母　あんた、やっぱりすごいね。大したもんだわ。大人気だっていうもんね。お父さんにも見せてあげたかったよ。本当に。写真撮ろうよ、写真。近所の人にも見せたいからさ。

正　いいから、やめてよ、恥ずかしいから。

男、正の母からデジタルカメラを借りる。

男　撮《と》りますよ。

正の母　ありがとう。みんなあんたが国を作ったって言ったらびっくりしてたよ。「すごいねすごいね」って。「立派立派」って。

男　笑って。ハイ！　チーズ！

男、写真を撮る。

正の母と正、その場で写真のようにかたまっている。

男　母と息子の写真。ありきたりな写真だ。母親が笑って、息子は居心地《いごこち》悪そうにしている。

男、母親の目を隠す。写真に黒い線が入って誰だか判別不能になるように。

男　息子が満員電車の中で刃物を振り回し、五人を殺す。一瞬の出来事であったが、五人殺した後は刃物を捨てる。何故《なぜ》五人なのか？「自分の名前が『正』であったから。正しい数字だった」。息子は言う。その後母親は山に登り、木の枝に首を吊って自殺する。そんな物語。

男、同様に息子の目を隠す。

男　あるいは、母親が寝たきりの息子の介護に疲れ、そして、将来を悲観して、息子を殺したまま放置し、添い寝する。「『正』しいという漢字も『生』きるという漢字も五画の字。だから正は生きています」。母親は言う。そんな物語。

男、正の母と正を指さして。

男　ありきたりな親子。どこにでもいる。特別ではない。私はパイプです。私は知っています。いくつかのありふれた物語を。私は届けます。モノを。言葉を。居場所をなくした誰かを。街を徘徊《はいかい》する老人を。あるべき場所に届けます。私はパイプです。

男、去る。

正、豆腐《とうふ》を一丁皿にのせてゆっくりと持ってくる。正のまわりに兄妹と正の母が集まる。厳《おごそ》かな儀式のようである。

正　では始めます。

正、礼をする。他の者も合わせるように礼をする。

正　皆さんがこの国の国民になるための儀式です。

正がかじった豆腐を回す。皆が少しずつかじる。

正　マハル！　マハル！　マハール！

正、ジェスチャーで皆に真似するように促す。

全員　(正に合わせる感じで)　マハル！　マハル！　マハール！

正、再び豆腐をかじって回す。今度は荒々しくかじる。皆、真似《まね》する。

妹　(口の中に異物感があって)　ん？

妹、口の中からセミを取り出す。

正　当たり！　当たりだよ！

妹　え？

兄　セミ？

妹　うん。

正の母　うんうん、セミはすごいよ。神様だから。

兄　何ですか？　それ。

正の母　うちの田舎じゃセミは神様だから。（正に）ね？

正　マハール！

正の母　あたしのとこだといなりの中にセミを入れてね。（歌いだして）ほったら、すっとこ、ほったらこ、ほったら、すっとこ……そのセミを口うつしで誰かにあげるんだよ。そのセミを食べた人があんたの護《まも》り人《びと》になるから。

妹　え？　マモリビトって何ですか？

正の母　いいから、ほら、くわえて。

妹　はい。

妹、セミを口にくわえる。

正の母　（歌って手拍子をする）ほったら、すっとこ、ほったら、すっとこ……

正、兄も歌って手拍子をする。
妹、どうしていいかわからず兄の方に向かう。
正、兄の横で大きく口を開けて待つ。
兄も正を真似る。
正、手を使って、兄の邪魔をする。
兄も真似して正の邪魔をする。
正、奇声を発する。
動物の求婚のように。
兄、ちょっと真似できない。
妹、仕方なく、正の口にセミを入れる。

正の母　入りました！
正　（もごもごしながら）マハール！
正の母　（拍手をして）うんうん、いいねえ！
兄妹　（真似して）マハール！

男の「失礼しまーす！」という声がする。
男、ダンボールを抱えて登場。

男　こちらサインお願いします。
正　ご苦労さま（条約に調印するようにサインする）。
正の母　あら、こんにちは。漬け物持っていきます？
男　いえ、結構です。

正、口の中のセミを兄に渡す。

兄　あ、もらっちゃった。（妹に）いる？
妹　いらないよ。
兄　俺、もらっとく。

男、ダンボールを置く。

男　失礼しました。

男、去る。

正の母　何なの？　それ。
正　大事なものだよ。
正の母　何だろう？　開けてもいい？
正　バハッ！　バハッ！　おひらき、おひらき！
正の母　けちねえ。
兄　まあまあ。じゃあ、僕たちはこれで。
妹　それじゃ。
正の母　またね。

兄妹、自分の居場所に戻る。
母、自分の居場所を確保して、まわりに位牌《いはい》や食器セット、編み物などを用意する。
いつの間にか、夜になっている。皆、寝る準備などを始める。
正、隅の方でダンボールを開ける。中にはたくさんの小さなぬいぐるみが入っている。

正　（ぬいぐるみを取り出して）いらっしゃい。……よく来たね、窮屈《きゅうくつ》だった？……そうか、うん……はいはい、順番だから、順番。……よしよしよし……ケンカしない、ケンカしない……古くからの住民とも、大きな住民とも仲良くやって下さいね。よろしくお願いしますよ。

正、布の隙間《すきま》からたくさんの小さいキャラクターグッズを取り出す。

正　みんなで協力して楽しく幸せに暮らせる国を作りましょうね。きっと作りましょうね。

隣の部屋から大音量のロックがかかる。

正　ああ、もう！

兄妹、布で作った壁の裏側で話している。妹、電気スタンドを点ける。
二人のシルエットが布に映り、正から丸見えになる。

兄　眠れないの？
妹　うん。耳鳴りがする。怒鳴り声の耳鳴り。
兄　気のせいだよ、それ。波の音だと思えばいいよ。ほら。

兄、波の音を流す。

兄　いいだろう？

妹　うん。でも、こんなのごまかしでしょ？
兄　まあ、そうかな。
妹　うん。
兄　じゃあ……忘れるってのはどう？
妹　それが一番難しいよ！
兄　じゃあ、俺が名前を呼んでてあげるから。その間に眠りな。
妹　本当？　咲子って？
兄　いや、咲っぺ。ずっとそう呼んでたし。
妹　おやすみ。

妹、横たわる。

兄　咲っぺ……咲っぺ……
妹　……さっき、夢見てた。お兄ちゃんと旅行するの。船に乗って、小さな島に着いて、そこで二人で仲良く暮らしてるの。
兄　魚を釣って、昼寝して……
妹　うんうん……ねえねえ、アンソニアって呼んでもいい？
兄　いいよ。
妹　うん。アンソニア！　私のアンソニア！

兄　ごらん。（布を指して）あそこに俺たちがいるよ。
妹　本当だ。
兄　俺たちが幻《まぼろし》であっちが本当の俺たちの姿だよ、きっと。

妹、兄に触ろうとする。

兄　触るな！　約束だろう？
妹　でも、私たち、幻でしょう？　だから大丈夫。ね？　アンソニア。
兄　ああ。咲っぺ。幻だよ、何もかも……

兄妹が愛撫《あいぶ》する姿が布に映る。
兄妹、名前を呼び合う。
正、ズボンの中に手を入れて激しくさする。
正の母、オペラグラスで正を観察している。

正の母　正、正。
正　え？

正、手を止めて背を向ける。

正の母、正に近づく。

正の母　手伝おうか？

正　(寝ぼけてるふりをして) 何が？　寝てるんだけど。

正の母　わかってるから。母さん、わかってるから。手伝うよ。(自分の胸を揉《も》んで) 吸うかい？

正　……

正、正の母から離れる。

正の母　遠慮することないんだよ。お前はあんまり真面目だから、世の中を良くするために一生懸命だから、女の子と仲良くなる暇がなかったもんね。お母さんわかってるから。

正　……どこ行ってたんだよ。

正の母　どこでも。ガイドさんが色んなところ連れて行ってくれたよ

正　いつも届けてもらって悪いだろ？　それにあんまり遠くに行くなよ。危ないから。

正の母　うんうん、うんうん。

正　……本当に？

正の母　え？

正　本当にわかってる？　俺がどれだけ世界について考えてるか、どれだけ地球について、宇宙について考えてるか、わかってる？

正の母　ああ。わかってるよ。

正　じゃあ、何とかして。

正の母、正の股間《こかん》に手を伸ばす。

正　(手を振り払って) 違うだろ！　ババアがやってどうすんだよ！

正の母　だって、お前昔はよくやってたろ？

正　……もう昔の俺じゃないから。

正の母　わかったよ。じゃあ、どうすればいいの。

正　国王には妃《きさき》が必要だろ？

正の母　うん。

正　だから、その候補を連れてくればいいんじゃないの？

正の母　どこにいるの？

正　知らねえよ。

正の母　隣のお嬢《じょう》さんはどうなの？

正　あいつはダメだ。バカだから。もう一人いるんじゃないの？

正の母　え？……うーん。

正　ほら、あの……妹とか。

正の母　あれはダメだよ。

正　何で。

正の母　だって、兄貴とできてるだろ？

正　それは、でも、不純じゃないか！　いいのかよ、それで。

正の母　隣のお嬢さんの方がいいんじゃないの？　さばさばしてて。

正　絶対嫌だ！

正の母　そうかい？　でも訳ありなんじゃない？　あの兄妹《きょうだい》は。

正　それでもわが国民だ。そんな国民を導いてやるのも国王の使命だ。

正、その場を離れて布にくるまる。その姿はサナギのようである。

隣の女、ヘッドフォンをして、洗濯ロープと洗濯物を持って登場。布で覆《おお》われた部分を足で蹴って剝《は》がしていく。

正の母　あ、どうも。

隣の女　ちょっと、これ、はみ出しすぎ。

正の母　すいません。あの、ありがとうございます。

隣の女　え？

正の母　音。小さくしてくれて。

隣の女　え？　ああ、言われればやめるよ。言わないんだもん、あのヒゲもじゃ。

隣の女、洗濯ロープを張って洗濯物を干していく。

正の母　気が小さいもんでね。あの、隣お借りしていいですか？

隣の女　いいよ。

正の母、隣の女の横で大根を干す。

隣の女　あ、こないだの漬け物美味《おい》しかった。

正の母　そうですか？　今持ってきます。

隣の女　いい、いい。今度で。すぐ隣だし。

正の母　あ、そう。（隣の女が干しているアニメのタオルを見て）お子さん元気？

隣の女　え？……ああ、うん。

正の母　ああ。何てお名前でしたっけ？

隣の女　……陽《よう》。いい加減に覚えてよ。太陽の陽。男の子。

正の母　いい名前。

隣の女　でも光に弱いから、あんまり表には出てこないよね。陽なのに、陰なの。私に似て。あたしも太陽がダメだから。

正の母　へえ。

隣の女　（上手に向かって）あんまりはしゃぐとぶつけるよ。もう！　（正の母に）何言っても聞か

正の母　ないから。
隣の女　元気が一番。
正の母　日陰だけね。
隣の女　うちの息子も言うこと聞かないの。
正の母　ああ、頑固《がんこ》だよね。
隣の女　あなたみたいな人が横にいてビシッと言ってくれるといいんだけど。
正の母　言ってるよ。からかうと面白いから。
隣の女　いえいえ、あの……お嫁《よめ》さんにどうかなって？
正の母　お嫁さん？
隣の女　うんうん……
正の母　……
隣の女　あたし、何でも手伝うし、子どもの世話もするし、漬け物食べ放題よ？
ないない。

隣の女、去る。
正の母、万歩計を取り出し、頭に巻きつける。
そして、頭を振り出す。
スクリーンに、色々な場所の絵はがきが映る。

正の母　（頭を振り続けながら）……北京……モスクワ、パリ、ローマ、ベルリン、アフリカはえーと、今日はどこまで行けるかな？……うんうん、まあ、これでいい。頑張った。今日も一日頑張った。うんうん、ご苦労様です。

隣の女、大量のタッパーを持って、登場。

隣の女　ごめん。たまってたやつ、返すね。
正の母　あらあら。
隣の女　（上手に向かって）陽！　いい加減《かげん》にしてよ！

隣の女、去る。

正の母　……なるほど、なるほど、はいはい、そうですか……お父さん、今日も一日頑張りました。見守ってくれてありがとうございます。こんなバカな私のことを。

妹、シーツで作った壁から登場。
しかし、手を兄に握られて動けない。

妹　離してよ。

兄　行くのか？　どうしても行くのか？

妹　行くよ。

兄　兄ちゃんを見捨てても行くのか？

妹　だって、しょうがないじゃん。呼び出されたんだから。

兄　もう少しだけいてよ。今、発作が起きそうなんだって。

妹　大丈夫だよ。

兄　いや、これは違う。今度のは今までにないくらい大きい。

妹　じゃあ、もっと包むから。

兄　そうしてもらえるかな。

妹、兄の身体を海苔《のりま》巻きのように布で何重かに巻く。

正の母、頭を振るのをやめる。

正の母　（万歩計を見て）五千か。まだまだだね。でも、今日はこれでよし！……

正の母、自分の居場所に戻り、位牌に手を合わせる。そして、布団を被るように布にくるまる。

妹　（布を巻き終わって）これで大丈夫だよ。

兄　ありがとう。何だか落ち着くよ。

妹　じゃあね。
兄　あ！
妹　何？
兄　顔！　顔が出てる。これじゃダメだ！
妹　大丈夫だよ。
兄　おい！　何のために俺たちここに来たのかわかってんのか！
妹　わかってるよ。
兄　わかってない。
妹　だから、お兄ちゃんが誰か殺しそうになるからでしょう？
兄　それじゃただの殺人鬼みたいじゃないか。
妹　違うの？
兄　違うよ。誰かに殺されそうになるから、やむを得ず誰かを殺すしかないってこと。
妹　正当防衛じゃん。
兄　俺もそう思う。ただ、俺の場合、道ですれ違う奴がもし襲ってきたらってことを考えて、常にポケットの中でナイフを握ってるから、そう言い切れないところもあるらしい。
妹　かわいそう。お兄ちゃん。
兄　うん。ここなら人はそんなにいないから大丈夫だと思うけど。まあ、だから、とにかく、俺のことがわからないように、顔に絵でも貼り付けてくれないか？
妹　うん、わかった。

妹、スケッチブックを取り出して、絵を探す。

妹　どんなのがいい？

兄　何でもいいよ。

妹　花は？

兄　あ、それでいいよ。

妹、花の絵を兄の顔に貼る。

兄、布にくるまったトーテムポールのようになっている。

兄　ありがとう。

妹　じゃあ行ってくる。

兄　気をつけて。愛してる。

妹　あたしも。

妹、去る。

男、釣り竿を持って、登場。

波の音がする。

男、布の下から脚立を取り出して、その上に座る。
それから、竿の先にエサをつけて布の上に投げる。
布の凹凸が波頭《はとう》に見えなくもない。

男　世界を旅するってことは、世界を食べるってことだ。その中で自分なりにわかったことがある。うまいってのは、シンプルじゃない。噛みごたえがあったり、強烈なにおいを発したり、苦みと辛みと甘みが同居していたりする。「酸《す》いも甘いも噛《か》み分けて」という表現は実に的確だ。うまみはつまり、経験だ。経験を積まなければうまさはわからない。

男の釣り針に布が引っかかる。
男、釣り竿をひく。

男　大きい！　大きいぞ！　これは。

釣り針に引っ張られて布が持ち上がる。
その引っ張られた布の形が人の形になる。布から釣り針をくわえた顔だけが覗《のぞ》く。正の母である。

男　おお！　珍味《ちんみ》なり！　珍味を釣り上げたなり！

正の母、布の下でぴくぴくと動き回り、やがて止まる。
男、布を整えて、正の母の輪郭を浮き彫りにする。
男、釣り竿をしまい、イスから降りて、去る。
波の音、消える。
正、長く伸びた髭がまるでネクタイのようになった格好で、登場。
正、ラジコンのヘリコプターを持っている。
妹、登場。

正　どうも。急に呼び出してごめんなさい。
妹　いえ。あの……
正　何？
妹　髭、すごいですね。
正　(動揺して) え？　そう？……なるほど……それは……
妹　立派ですね。
正　(さらに動揺して) え？　本当？……わからないな、ちょっと、自分では。じゃ、行きましょうか？
妹　どこに行くんですか？
正　ちょっとね、見てもらいたいところがあって。
妹　はい。

正　じゃあ、乗って。気をつけてね。
妹　うん。

正、ラジコンのヘリコプターを飛ばす。
布の凹凸や布にくるまる人の姿などが地表のように見える。
ここは砂漠なのだろうか？

正　ほら、ここからだと全部が見えるだろう？
妹　はい。
正　そこが古川。もう水は流れてないの。で、そこが浅沼。新しい場所だよ。
妹　作ってくれたんですか？
正　……
妹　嬉《うれ》しい。
正　この国はまだまだ、電気も水道も、色んなことを日本に頼っています。この国が本当に自給自足できるように、幸せになれるように、頑張りたいですね。

正、ラジコンを操縦しながら、布をかけた丘のような場所に、妹を連れて行く。

正　ここなんだけどね。

正、丘の部分の布をめくる。そこには、大量のぬいぐるみとキャラクターグッズ、音に反応するグッズ、光ったり、動いたりするおもちゃなどが所狭《ところせま》しと置かれている。

妹　わー、すごい。

正　「希望の丘」って言うんだけどね。一度連れてきたいなあと思ってたんだよ。

妹　ありがとうございます。……やっぱり、かわいいですね、正さんって。

正　かわいい？……また、からかってますね。

妹　からかってませんよ。

正　本当に？……じゃあ、

正、綱を持ってきて、妹を縛ろうとする。

妹　え？

正、妹を綱で縛り、人形のように妹にポーズを取らせる。

妹　やだ！

正　動かないで！

妹、ぬいぐるみを正に投げつけて、抵抗する。

正　あー！　何てことするんだよ！

妹　そっちこそ！

正　暴力だぞ、これは！

妹　こっちが暴力振るわれたんですけど！

正　うるさい！　出てけ。

妹　出てくわよ。

妹、去る。

正、しばし呆然としている。しばらくして、ぬいぐるみをきれいに並べる。

正、ぬいぐるみをかき集め、抱きかかえて寝る。

正　集まれー。みんな俺の友達だ。どこにも行くなよ。……行かないよ、俺も……

正、鳴き声を出すぬいぐるみをいくつかいじる。ぬいぐるみはそれぞれ鳴き声を上げる。正はまるでオーケストラの指揮者のようである。

隣の女、登場。

正、ぬいぐるみを慌てて隠し、自分も布の下に隠れる。

隣の女　ねえ！　ちょっと！……誰かいないの？……ねえ！

隣の女、何かを探すように布を色々めくっていく。

隣の女　ねえ、うちの陽、来てない？……ちょっと！　誰かいないの？

隣の女、トーテムポールのような兄に気付く。

隣の女　ねえ？　あんた知らない？　うちの陽、見当たらないんだけど。

兄　……

隣の女　ねえ！

隣の女、兄の顔に貼った絵を剥がす。

兄　あ！

隣の女　何やってんの？

兄　え……別に。

隣の女　うちの陽、知らない？
兄　……知りません。
隣の女　あ、そう。
兄　ごめんなさい。
隣の女　え？
兄　僕、何かしちゃいました？
隣の女　どういう意味？
兄　ちょっと意識がなかったもんで。
隣の女　何かしたの？
兄　いえ。
隣の女　何かしたんでしょう。言ってよ。
兄　いや、だって、僕、こんな格好だし。
隣の女　言いなさいよ。
兄　そんな。……でも、とにかく僕に近づかない方がいいですよ。
隣の女　何でよ。
兄　危害を加える可能性があります。
隣の女　は？
兄　はい。
隣の女　……陽に何したの？

兄　いや、何も、

隣の女　何したのか聞いてんだよ！

兄　殺すぞ！　ナイフだぞ！　ナイフを今握ってるんだよ。ここを切り裂いて確実にお前の心臓を突き刺してやる！

隣の女　陽に何したのよ！

兄　だから、知らないって言ってるだろう！……大体、陽って何なんだよ。

隣の女　……あたしの息子だよ、陽は。

兄　ああ。どんなお子さんですか？

隣の女　普通とはちょっと違うよね。

兄　と言うと、

隣の女　脱皮《だつぴ》するから。脱皮してどんどん強くなってるから。皮がむけてむけて、前は人間だったけど、多分《たぶん》今頃は進化してるだろうね。

兄　人間じゃないとすると何なんですか？

隣の女　わかんない。まだ名前がないからね。脱皮しすぎて、進化しすぎて、もう男とか女とか人間とか、そういうの超えてるから。まだ誰も追いついてない。

兄　いましたっけ？　そんなお子さん。

隣の女　いたよ。もういないけど。

兄　あー、そんな人のまわりにいたかった。

隣の女　もう諦《あきら》めな。うん、あたしも諦める。きっとずっと遠くに行ってると思うよ。

兄　探しましょうよ。
隣の女　もう吹っ切れた。
兄　待って下さい。素晴らしい息子さんじゃないですか！　しかも何て孤独なんだろう。是非《ぜひ》会いに行かなくちゃ。
隣の女　陽はいいの。誰も追いつけないんだから。問題は（自分を指して）こっち。……（干された洗濯物を取り込みながら）いつまで洗濯物干してればいいわけ？　え？　毎日、毎日。起きて、洗濯して、仕事行って、帰って洗濯して、寝る前にまた洗濯して、……でもさあ、陽がいなくなったら、そんなに洗濯しなくてもいいんだよね。それってどうなんだろう？
兄　僕を……養子《ようし》にしませんか？
隣の女　え？　どういうこと？
兄　言葉通りです。いかがでしょうか？　僕を二代目の「陽」にしてもらえませんか？
隣の女　……
兄　残念ながら、僕はこのままだと誰かを殺してしまうと思います。
隣の女　でも殺してないんでしょう？
兄　はい。
隣の女　じゃあ、いいじゃない。
兄　でも、もう自分でもわかりません。知らないうちに何かしてしまったんじゃないかって。だから、もう古い服は脱ぐんです。（愛の告白をするかのように）……僕の……新しい服を

隣の女　洗濯しませんか？
兄　……（ゆっくりと兄の顔を撫《な》でて）陽、どこに行ってたの？
隣の女　あ、うん。
いくよ。

隣の女、兄をくるくる回す。
兄、さなぎからかえるように布から出てくる。
隣の女、兄、去る。
男、正の母、正、登場。

男　……まあ、突然というか、まるで事故みたいな話なんだけど、な？
正の母　え？　うん。
男　（正の母に）あれ？　何かついてる。
正の母　え？
男　動かないで。

男、正の母の頬についた睫毛《まつげ》を取る。

男　食べちゃえ（と食べる）。

正の母　やだ！
男　フフ……お前から言って欲しいんだけど。
正の母　え？　恥ずかしいよ！
正　……
正の母　じゃあ、まあ、一応、この度、彼と結婚することになりました。
男　一応って。
正の母　ごめんごめん、そういうあれじゃなくて！
男　ちょっと傷ついたなあ。
正　……
正の母　だから、これを機会にきちんと子離れしようと思って……決心を固めたの。この人についていこうって。
正　（男に）……本気にしないで下さい。もう完全にぼけてるんで……
男　正、わが息子、正よ。
正　お前の息子じゃねえよ！
正の母　よしなよ！
正　……（正の母に）俺の妃を見つけること忘れてないよねえ。
正の母　もちろん。でもいい人がいないからねえ。
正　……
正の母　ふさわしい人を探してるんだろう。

正　……あんまり勘違いさせないでくださいね。誰でもいいんです、男なら。

正の母　親離れできてないの。

男　正、正。これやる。好きなんだろう？　こういうの。

男、リュックからぬいぐるみを出し、放り投げる。

正　……

男　いらなきゃ捨てていいから。

正　俺が友達から何て言われてたか知ってる？「白粉《おしろい》ババアの息子」だよ。「白粉ババアのあばら屋に／今日も誰かが引きずられ／担任もＰＴＡの会長も／掃除のおじさん、校長先生／みんなみんな兄弟だ」って歌を目の前で思いっきり歌われたりな。

正の母、布を引っ張って、ひっくり返していく。男、それを手伝う。

正　やめろ！　俺の国だぞ！

正の母　……ふん！　こんなままごとみたいな国、いつでもひねりつぶしてやる。

男　（綱を手繰《たぐ》るように）でかいぞ、でかいぞ！……（正を見て）あー、これ、あれだ。焼いても食えねえ、煮ても食えねえ、砂みてえな味のする、くそまずいやつだ。全《まった》く！

正、布からはじき飛ばされる。
男、正の母、移動して、日傘を拡げ、バスケットを拡げ、座る。
まるでピクニックに来たかのよう。
妹、電話を持って、登場。

妹　もしもし。もしもーし。

正、ぐったりしながら、電話をつかみ、耳に当てる。

正　はい。
妹　私です。
正　出て行くんじゃなかったの？
妹　やっぱり、やめました。行くとこないんで。……今、大丈夫ですか？
正　大丈夫じゃない。
妹　あ、そう。でも続けます。私、考えたんですけど、あなたとお付き合いします。
正　え？
妹　ダメですか？
正　え？　いや、いいの？
妹　はい。

正　一応、王妃になること前提ってことでもいいですか？
妹　……はい。
正　え？　本当？
妹　はい。
正　本当に本当？
妹　はい……（泣く）
正　何で？　何で泣くの？
妹　お兄ちゃんが出て行っちゃった。
正　え？　どこに？
妹　わかりません。隣の人の養子になるって。息子さんの代わりになるって。
正　は？　隣の奴に息子なんていませんよ。
妹　え？　でも……
正　見たこともない。
妹　はあ……「探さないでください。一皮も二皮もむけて帰ってきます。」って書き置きが残ってて。
正　そうですか。でもいつか帰ってくるなら……
妹　それまでどうしたらいいんですか？　私たち、二人で一つだったのに。傷をなめ合いながらひっそり暮らしていこうと思ってたのに。
正　俺が支えになれれば……

妹　なりません。でも……はい、お付き合いします。
正　そんな無理してもらっても……
妹　いえ、無理します。結婚して、奴隷《どれい》のように尽くします。
正　そんなひどいことしないよ。
妹　わかるんです。いいんです、それで。罵声《ばせい》を浴びて、人形みたいに扱われて、麻痺《まひ》して、鈍感になるまでいかなくちゃならないと思ってます。

正　何だと思ってるんだよ、俺を。
妹　あれ？　怒っちゃいました？
正　バカにするな！
妹　そう。こうやって私は火に油を注《そそ》ぐようにして、あなたと付き合います。決して、決して、心は開きません。心だけはお兄ちゃんのものだから。

正　付き合うつもりはありません。
妹　いえ、付き合います。私たちはとても似ているから。
正　どこが？
妹　現実を受け入れられない。
正　あなたとは違います。
妹　違わない。だから、いっそのこと現実を受け入れた振りをして暮らしませんか？
正　……
妹　自分を騙《だま》すの。自分を騙すからこそ長く続く場合もあると思う。あたし、あなたのこと好きになる努力をするための準備を始めるための、心構えをしようと思うから。あなたもそうして。

正　……

妹　おやすみなさい！

妹、去る。

正、電話を放り投げる。そして、ぬいぐるみを抱えて「希望の丘」に向かう。

正　(音の鳴るぬいぐるみを手に取って)……

正、勇壮な音楽をかける。

正　落ち着いて聞いてくれ。この国は今、存亡《そんぼう》の危機を迎えている。……外側からの強い圧力や反乱分子の不穏《ふおん》な動き、隣国《りんごく》との緊張関係など。ここを乗り切るには何かこちらから仕掛ける必要があるだろう。何かいいアイディアはないか?……(何かぬいぐるみを取って)お前は?……(別のキャラクターグッズを取って)どうだ?……ちょっとしたアイディアでも構わない。……何か言ったらどうだ?

正、服を脱いでいく。

正　……一つ、聞きたい。王様は裸か？……もう一度聞く。王様は裸か？……答えろ！
……王様は裸なのか！

正、ぬいぐるみを一つ取って問い詰める。

正　バカにしやがって！　死ね！　消え失《う》せろ！

正、ぬいぐるみを踏みつけたり、首や足を引きちぎったりする。
男、兄の持っていたスーツケースを抱えて、登場。

男　失礼しまーす。お届け物です。あ、どうも。
正　うわー！

正、布にくるまる。

男　浅沼さん。
妹　はい。
男　お届け物です。ここにサインを。

妹、サインをして、ダンボールを受け取る。

男　ありがとうございます。

妹、兄の持っていたスーツケースを開ける。中には、兄が着ていた服とナイフが入っていた。

妹　お兄ちゃん。

妹、兄の服を抱きしめてから、着る。

男　……（母に）さあ！　行きましょうか。

正の母、後ろ向きの姿で、布をドレスに見立てた花嫁の格好になっている。

正　お母さん。

正、布の裏をつたって、正の母のドレスの中へ入っていく。

男　母と子の無理心中。母は昼にスーパーのパートに出て、夜は盛り場に立っていた。息子には決して酒もギャンブルも女性も近づけなかったという。「清く、正しく、美しく。」それが彼女の教育方針だった。そんな物語。誰かが語った誰かの物語。

正の母　……ああ……いい……それでいい。それでいいんだよ。遠慮することないんだから。（自分の下腹部を触りながら）ここは元々お前の国だったんだから。

男、去る。

妹、兄の服を着た自分を抱きしめてのたうち回る。

正、正の母の股付近の布を開いて、顔を出す。

正　プハー！……助けてくれ！　窒息する！

妹　え？　何してるんですか？

正　呑みこまれる！

妹　私と付き合いますか？

正　え？　ちょっと、それどころじゃないから。

妹　結婚してください。（兄の服を着た自分を抱きしめながら）こっちも限界です。

正　……わかった。結婚しよう。盛大にこの国を挙げて結婚を……（気を失う）

妹　ありがとうございます！

妹、ドレスのスカートをめくるように布をめくり、正を引っ張り上げる。
正の母、振り向く。彼女の顔は白粉で真っ白になっている。

正の母　正！　正！　お父さん死んじゃった！　どうしよう！
正　（寝言のように）母さん！　母さん！
妹　大丈夫？
正　……ありがとう。今俺の名前呼んだ？
妹　ううん。
正　あ、そう。
妹　正。
正　ああ。そういえば名前まだ聞いてなかったね？
妹　浅沼咲子。咲く子供。
正　いい名前じゃない。
妹　正だって。
正　ありがとう。

正、音楽を流す。

妹　（ポケットからティアラを取りだして頭にのせて）プリンセス・咲子。不幸な結婚をすることになるのね。アンソニアとの思い出を胸に……

結婚式が始まる。
正の母、呆《ほう》けている。
正、妹、向き合う。

正　永遠の愛を誓いますか？
妹　……はい。

正、妹に同じことを言うように促す。

妹　永遠の愛を誓いますか？
正　はい。……では、誓いのキスを……

正、妹の首に手をかけて、ゆっくり絞《し》めていく。妹、抵抗できない。

妹　う！
正　……これでみんなと同じだよ。
妹　……違う、違う！

正　……大丈夫だから。

正の母、突然割り込んでくる。

正の母　お父さん！　お父さん！
正　（手をゆるめて）え？
正の母　誰なの？　その女は。
正　父さんじゃないから。正だよ！
正の母　正？……（頷きながら）あー、なるほど……ねえねえ、正。
正　（正の母に）何？
正の母　いないのよ。
正　え？
正の母　お父さんがいないの。
正　……
正の母　（読んで）「旅に出ます。あなたとの思い出を胸に。」……何なの？　これは。
正　知らないよ。父さんはとっくに死んだだろう！

正の母、歩き出す。

正の母　そんな人には見えなかったけどね。
正　どこ行くの？　遠く行くなよ。危ないから！
正の母　だって、これからあれもしようね、これもしようねって……

隣の女、兄、登場。

隣の女　陽！　こっち、こっち！
兄　はーい！

兄、隣の女、布を下から持ち上げていく。
兄、脚立《きゃたつ》を立てて、上に乗り、布を持ち上げたまま、のぼっていく。
ちょうど、正と妹の間の布が盛りあがって、二人は布を転げ落ちる。
妹、近くにある兄のスーツケースからナイフを取り出し、隠し持つ。

兄　このへんでいいですか？
隣の女　もっと。もっと上！

兄、さらに脚立の上にのぼる。

兄　このへん？
隣の女　うん、いいよ。ここが新しい家だから。気分は？

隣の女、脚立に洗濯ロープを張って、洗濯物を干していく。

兄　最高です。これでもう男でも人間でもない。そうだ、マモリビトだ。咲っぺ、お兄ちゃんがどこにいるかわかるか？　お前の下。地面の中だ。陽は太陽が嫌いだからしょうがない。ここで何年も何十年も、いや何百年も過ごして、いつか、脱皮して空を羽ばたくよ。それまでお兄ちゃんは柱になって、お前の立つ地面を支えるよ。お前を思ってここにいる。
正の母　（サングラスをして万歩計をつけて、布の凹凸を見ながら）あそこがダイヤモンドヘッド、あっちがワイキキビーチ……ここからだとよく見える……
正　（妹に）おーい、どこにいる？
妹　（正に）こっち、こっち。キスのやり方間違えてる……今度は私の番ね。
正　永遠を誓うキスだよ。
妹　（ナイフを構えながら）そう、永遠を誓う……戦いの始まり……

正、妹、お互い逆方向から少しずつ、布の丘をのぼっていく。
オルゴールが鳴り出して、全ての動きが機械のようになっていく。
男、登場。

男　ご覧下さい。こちらに展示されているものがこの地の始まりを表しているとされています。

正の母　……（機械のように動きながら）あたし、今どこにいるの？

男　……どこにでもいますよ。

男、去る。

舞台上の全員がその場で機械人形のような動きを繰り返す。

徐々に動きが狂い、身体が傾き、足元もおぼつかなくなるがそれでも動きを止めない。やがて朽ち果てるまで。

暗転。

おわり

家族の肖像

Family Portrait

登場人物

母
息子
女
管理人
妻
店長
万引き娘
フリーター（フリー）
語学教師
生徒1
生徒2
生徒2の彼（彼）

どこの部屋でもあって、どこの部屋でもない。
何かが足されること、何かが引かれることでどこかの部屋になる。
積み重なり、間引かれることでそこに痕跡《こんせき》が残される。
確かにそこに人がいたという痕跡。
登場人物の出入りは便宜上《べんぎじょう》書いてあるが、別に舞台の上にいたままでも良い。

［点灯］

管理人、登場。
管理人、電気スタンドを点《つ》ける。
その光の中で女が寝ている。

管理人　まぶしいですか？
女　はい。
管理人　大丈夫ですか？
女　はい、もう平気です。（立ち上がる）
管理人　暑いですからね。

女　　そうですね。

管理人　（大きなテーブルを指して）邪魔《じゃま》だったら処分しますんで、こっちで。

女　　はい。でも欲しいです。

管理人　意外といいものなんで。冷蔵庫も古いけど使えますし。

女　　いいですね。

管理人　エアコンもこれで。業務用なんで。結構《けっこう》電気代はかかったりしますけど。夜は静かだし、いいですよ、なかなか。

女　　はい。ありがとうございます。あの……

管理人　はい。

女　　人生ゲームってあるでしょう？　こういうボードゲームの。

管理人　はい。懐かしいですね。

女　　あれ、車で移動しますよね。何でか。

管理人　そうでしたっけ？

女　　そうなんですよ。車にたくさん穴が空いてて。最初は一つのピンなんだけど段々そこにピンが増えていくっていう。

管理人　ああ、はい。結婚したり、子供が生まれたり。

女　　（周りのものを見渡して）そうそう。何かそんな感じねえ。

管理人　はあ……え？

女　　……一つ面白い話していいですか？

管理人　面白い話って言って話されて面白かったことないですけどね。あ、嘘《うそ》です。
女　えー、でも、これ、本当面白いです。
管理人　へえ。どんなのですか？
女　この前ね、家でちょっと盛り上がって騒いでたんですよ。
管理人　ああ、友達か誰かと？
女　いいえ、一人で。
管理人　一人？
女　はい。一人でちょっと盛り上がって
管理人　一人で盛り上がるってどういうこと？
女　あの、だから、何でもない言葉から始めるんですよ。「そっか、そっか。」「何？」「いや、大丈夫だよ。」「大丈夫じゃないよ。最悪だよ！」「大丈夫。」みたいな。ま、それはいいんですけど。
管理人　よくないよ。え？　そんなことやってんの？
女　え？　別に普通ですよ。「マジで？」「うん、マジで。」「え？　それやばいよ。」「全然大丈夫。」みたいに。
管理人　え？　それ終わりが全部大丈夫で終わるってこと？
女　いいんです、それは。で、そうしたら、そうやって盛り上がってたら、隣の人がドンドン！　って扉叩《たた》いてきたんですよ。うちのアパート壁薄いみたいで。
管理人　ああ。

女　　　でもそれで少し静かにしてたら今度は郵便受けにノートの切れ端が入ってて、「先ほどは失礼しました」って書いてあったからこっちも「こちらこそ失礼しました」ってノートに書いて隣の郵便受けに入れたんですよ。

管理人　ああ、それで何度も手紙のやり取りしたってこと？

女　　　いや、一回だけです。

管理人　……あ、そう。

女　　　終わりです、面白い話。

管理人　あ、終わり？

女　　　はい。

管理人　……さっきの独り言で盛り上がる方が気になるんだけど。

女　　　（冷たく）それは別に面白くないですよ。終わりです。ちょっと一人にしてもらっていいですか？

管理人　え？　あ、はい。

女　　　もうちょっと見たいんで。

管理人　はい、どうぞ。

管理人、去る。

女、テーブルの上のイスを降ろして一つ一つに座っていく。

［送信元］

店長、妻、母、フリーター、並ぶ。

フリー　えー、今日は八十点をあげたいと思います。

全員、まばらに拍手する。

フリー　あとの二十点は、お菓子コーナーのところでなんですけど、お客様がポテトチップスを買おうとしていることに気付かずに、というか、おせんべいを買おうとしていると勝手に思いこんでしまって、ポテトチップスの棚卸《たなおろ》しをしてしまったことが何とも悔《く》やまれます。ワゴンをですね、あの、お客様がポテトチップスとおせんべいの間で、ポテトチップスがこっちで、おせんべいがこっちで、二つの間で心が揺れていることを察知しないで、できずに、そのワゴンをポテトチップスの棚の前に置いて棚卸しをしてしまったこと、これはマイナス二十点と言えるでしょう。

店長　お客様はどうされましたか？

フリー　はい。醤油《しょうゆ》せんべいをカゴに。

店長　じゃあ、いいじゃない。

フリー　はあ。でも、もしかしたらポテトチップスだって……本人は、もしかしたら気付いてないかもしれないですけど……

店長　そうですね。今、いいこと言いました。いいですか？　一度棚に並べたからには、全ての商品は選択される権利を持ちます。それは位置によってね、差はあります。それでも私たちが妨害してはなりません。私たちはお手伝いをする側にまわるのです。お手伝いするときのモットーは？　どうぞ。（妻を指す）

妻　ペニハ運動。

店長　正解。ペニハ運動。はい、拍手。

全員、まばらに拍手する。

店長　ペニハ運動、ちゃんとわかってますか？　（母を指して）はい、どうぞ。

母　え……わかりません。

店長　わかりませんじゃなくて……もう何度も言ってますよね？　ぺ？

母　ぺ……

店長　ニ？　（フリーターを指して）

フリー　ニッコリ。

店長　正解。ハ？　（妻を指して）

妻　ハッキリ。

店長　正解。ペ？　（もう一度母を指して）
母　……ペッタリ。
店長　……
母　……お客様に……寄り添って……
店長　寄り添って？
母　寄り添って……どうしましょう？
店長　……さあ……
母　はあ。
店長　はあじゃなくて……考えて……
フリー　（時計を見て）店長、僕、そろそろ……
店長　ああ、ごめんなさい。ペ？　（もう一度フリーターを指して）
フリー　ペッコリ。
店長　正解。ペッコリ、ニッコリ、ハッキリ、はい！
全員　ペッコリ、ニッコリ、ハッキリ。
店長　はい。気持ちよく。もう一回。
全員　ペッコリ、ニッコリ、ハッキリ。
店長　これ徹底してくださいね。はい。じゃあ、今日は終わります。お願いします。
フリー　お疲れ様でした。
全員　お疲れ様でした。

店長　あ、あのお弁当余ったんで、一人一個持って帰って下さい。
妻　ありがとうございます。
フリー　ありがとうございます。（弁当を確認しながら）じゃあ、唐揚《からあ》げもらいます。
店長　はーい、どんどん持ってって。
妻　はい。（弁当を取る）店長。
店長　何ですか？
妻　今日これ、何分切りですか？　もう十分《じゅっぷん》過ぎてるんで。
店長　ああ……
妻　じゃあ残業ってことで。
店長　あ、はい。
母　（少しおどおどしながら弁当を二個取る）
店長　牛久保《うしくぼ》さん。
母　……（急いで手提《てさ》げ袋に弁当を入れようとする）
店長　ちょっと！
母　はい？
店長　一人一個って言ったでしょう？
フリー　……あ。
妻　……
母　……あら！……間違えちゃった。

母、弁当を一個戻そうとする。

店長　いや、いいですよ。余ってるんだから、それは。でもねえ？　一応《いちおう》皆さんに聞いた方がいいんじゃないですか？

妻　別にいりませんけど。

フリー　はい。僕も。

母　あたしも、別に、そんな、もったいないと思ってね……じゃあ、戻します。

店長　いやいや、持って帰って下さい。余っても困るんで。

母　あ、そうですか？……じゃあ、もらってこうかしら。ねえ？……余っても困るみたいだし……では……お先に失礼します。

母、去る。
残りの者たち、苦笑しながら去る。

［ゾンビダンス］

息子、女、登場。

息子　外、雨降ってた？
女　うぅん。
息子　今日降るって。傘《かさ》持ってる？
女　持ってない。貸して。
息子　ああ。
女　じゃあ、寝るね？
息子　うん。

息子、女に靴下を履《は》かせる。

息子、女の身体のパーツを動かし、様々なポーズを取らせる。息子、そのポーズを真似る。

息子と、女、シンクロして動き出す。

フリーター、弁当を持って登場し、食べる。

女　じゃあ昨日は？　昨日の夜は何食べた？
息子　え？　覚えてねえな。
女　思い出して。
息子　えーと、昨日、昨日は……
女　外に出た？

息子　まさか。
女　じゃあ、何してた？
息子　何も。何かしてた気もするけど、昨日だったか、もっとずっと前のことだったか、よく覚えてない。
女　ここにいた？
息子　ここにいた、と思う。いや、ここじゃなかったかもなあ。
女　あなたはお弁当を食べた。
息子　そう、弁当を食べた。よく知ってるね？
女　うん、何でも知ってるよ。フタを開けて？
息子　フタを開けて……いや、開ける前に割《わ》り箸《ばし》の袋を破いて、箸を取り出した。フタは輪ゴムで止められていて、それをまず取った。そのゴムはこれからも使えるかもしれないと思って目立つ場所に置いた、はず。捨てないように。

フリーター、弁当を食った後、寝転がってぼーっとする。弁当の残りはこの後、リレーしていく。
語学教師、登場し、フリーターが残した弁当を食べる。
食べた後、どこかに寄りかかり、携帯電話のメールを確認する。

息子　嫌いなピーマンと柴漬《しばづ》けと、あと、にんじんが目に入ったから、それをまず箸で取って、裏返したフタの上に、にんじんの煮物、これは結構大きかった、を、取って、それからピーマンは千切りで肉と絡んでたから、慎重に一個一個つまんで、取った。取れなかったものもあって、それは嫌だけど後で吐き出せばいいと思ってほっといて、あと、何だ？　ああ、柴漬けは何かこういうギザギザのビニール？　プラスチック？　そういう受け皿みたいのに載《の》ってたから手でつまんで出して……

［母と息子］

母　いる？

息子　……

母　あんた、外出たの？

息子　……

母、登場。

女、寝そべったまま動かなくなる。

母、息子の脇に少し間を空けて座る。

息子、母との間にビニールを垂らして壁を作る。

母　外出るときはちゃんと言ってね、お母さんに。

息子　……ああ。

母　言われちゃったわよ、変な人がうろついてたって。竹本《たけもと》さんに。変な格好《かっこう》で出ないでね。わかった？

息子　……

母　わかったの？　返事は？

母、息子のビニールに顔を当てて耳をすます。そのうち、ほおずりを始める。ビニールの感触に心地《ここち》良《よ》い表情になる。

息子　……ああ。

母　食べた？　お弁当。ゴミ置いといてね。ここに。桃のジュースあるから。冷蔵庫に。飲んでね。

息子、去る。

女、その場で寝そべったまま動かない。

［夫と妻］

管理人とその妻、登場。

妻、寝っ転がってマンガを読んでいる。

管理人　おい。
妻　……
管理人　メシは?

妻、置いてある弁当(語学教師が食べた残り)を差し出す。

管理人　食いかけなんだけど。
妻　あ、ちょっとつまんだ。
管理人　これだけ?
妻　あたし、食べたから。
管理人　何食べたの?
妻　んー、メロンパン。
管理人　お前、身体《からだ》壊すぞ。そんなんばっかり食ってると。
妻　……
管理人　なあ。
妻　うるさいなあ。

管理人、弁当を食べる。

管理人　（隣にいる誰かに食べさせてあげるように箸でおかずを取りながら一人で食べる）卵焼き……ちくわ……フキ……ブタ……ブタ……

妻　（管理人を見る。すぐにマンガに視線を戻す）

管理人　……ブタはどっちだ？　俺かお前か……寝てるブタ……餌を食べるブタ……

妻　……（マンガを読みながら尻をかく）

管理人　あのさあ、

妻　……うん？

管理人　見えないところでやってくれよ。

妻　何が？

管理人　それおかずにしてメシ食わなきゃならないわけ？　俺は。

妻　何なの？

管理人　ケツぼりぼりかいてる姿見てメシ食わなきゃならないのかよ。

妻　あんたもかくでしょう？　ケツぐらい。

管理人　そりゃそうだけど。仕事終わって疲れて帰って、

妻　たかが雇《やと》われ管理人でしょ？　あたしだって仕事してんだから。え？　何？　こういうポーズの方がいいの？　（男を誘惑するポーズ）

管理人　それ、もっとやだ。

妻　　　失礼しちゃう。あ、そうそうあたし今日すごい面白い夢見たよ。
管理人　それだけは死んでも聞きたくない。
妻　　　何でよ。
管理人　面白かったためしがないから。
妻　　　あっそ。

妻、マンガを読む。
管理人、黙々と弁当を食べる。
管理人、妻、去る。

[万引き娘]

万引き娘、登場。
携帯電話を見ながら、管理人が食べた弁当を食べる。
箸がうまく使えないのか、ぼろぼろとおかずを落とす。

万引き娘　（ジャンクメールを声に出して読んでいる）あ。（メールが届いたらしく、その返信文を書き始める。そして送ろうとする）……あれ?……何だよ。

万引き娘、電波が入るように携帯電話をかざして部屋中を歩き回る。
店長、ビニール袋を持って登場。

万引き娘　……ちょっと通じないみたいですね。電波が。
店長　……まあ、いいよ。
万引き娘　……
店長　わかってる？
万引き娘　すいません。
店長　辛いのよ、こういうの。
万引き娘　はい。
店長　初めてじゃないでしょ？
万引き娘　いえ。
店長　初めてじゃないよ。（ビニール袋を逆さにすると幾つかの商品が出てくる）初めての人はこんな大胆なことしないよ。
万引き娘　……

語学教師、フリーター、その場にいるのが飽きたかのようにばらばらに去る。

店長　もう慣れてるから、こっちは。……ま、いいけどさ、もうすぐ警察来るから。つまらないよ、こんなこと。こっちも嫌な気分になっちゃうからね。……いつからなの？
万引き娘　……
店長　おーい。
万引き娘　いや……
店長　仕事あるんだよ、こっちも、色々と。
万引き娘　あ、はい、どうぞ。
店長　どうぞじゃないよ。どうぞじゃないでしょう。どうぞじゃなくてね。なめてんのか？　おい。俺以外は持ち場離れられないわけよ。ね？　みんな忙しく働いてるから。お客様のために。
万引き娘　はい、すいません。
店長　あんた、お客さんでもなんでもないからね。犯罪者。ね？　泥棒だから、ね？
万引き娘　すいません。
店長　すいませんはいいよ、もう。
万引き娘　はい。
店長　謝《あやま》るのはタダだからね。万引きはこっちが損するわけだから。釣り合わないよね、そんなの。
万引き娘　はい。（髪をいじる）
店長　名前は？

万引き娘　本名ですか？
店長　……え？
万引き娘　ですよね。あんまり言いたくないんですけど……
店長　何言ってんの？　わかってる？　自分の立場。
万引き娘　はい。
店長　駅前にでかいスーパーあるだろう？　あっちでやればいいじゃない？　うちなんかより
ずっとやりやすいよ。何でわざわざこんな小さいところでさあ。
万引き娘　いや、好きなんで、ここ。
店長　嬉しくないよ。あのね、いいですか？
万引き娘　（もじもじして髪をいじっている）
店長　あの、それ、やめてくれる？
万引き娘　え？
店長　髪いじるの。
万引き娘　はい。
店長　年は？
万引き娘　二十二です。（落ち着かず身体をゆする）
店長　（じっと見て）……あんた、それやばいよ。もう立派な成人じゃない。選挙権もあって
タバコも吸えて、思春期のそういう、行き場のない怒りとか、反抗期とかそういうのなら、
まあ、百歩譲って理解できないこともないっていうか、理解はしないけど、大人の世界っ

てものへの、その腐った世界への反抗、疑問、そこに入るための通過儀礼みたいなこととして……もじもじするな！……何言おうとしたか忘れちゃったじゃないか！

万引き娘　はい……あの、トイレ行ってもいいですか？

店長　……うん？　何だって？

万引き娘　トイレ行っても。

店長　ダメ。

万引き娘　いや、ちょっと本当に。

店長　その間に逃げないとも言えないでしょう？

万引き娘　逃げませんよ。見張ってもらってて構わないんで。

店長　うちのトイレ窓ついてるから。あと、うちのトイレはお客様と従業員のためにあるのね。泥棒用はないのよ。

フリーター、登場。

フリー　あ、すいません。

店長　ああ、いいよ。お疲れ様。ごめんね、すぐ行くから。どう？　レジは。

フリー　はい今、ちょっと落ち着いてて、一回休憩《きゅうけい》入ります。

店長　うん。どうぞどうぞ。疲れたでしょう？

フリー　いえ。

店長　ごめんね、こき使って。休んで、休んで。こっちはもうすぐだから。
フリー　いいですか？　本当に。
店長　全然、全然。ちょっと見ててもらっていい？
フリー　ああ、え？
店長　トイレ行きたいって言っててね。ちょっと牛久保さん呼んでくるから。逃げられたら困るんで。ほら女の人なら一緒に入ってもあれなんで。
万引き娘　ありがとうございます。
店長　いらないから、そういうの。もっと屈辱《くつじょく》を感じていいからね。
フリー　え？
店長　いや、この子常習《じょうしゅう》。トイレ行くっていうのも怪しいから。
フリー　あ、はい。

店長、去る。

万引き娘　……すいません。
フリー　……いや、僕はあの、バイトなんで。
万引き娘　すいません。
フリー　……あの、ちょっと、弁当食べてもいいですか？
万引き娘　はい、どうぞ。

フリー　って言うのもおかしいか。ま、じゃ、ちょっと……

フリーター、置いてある弁当（万引き娘が食べた残り）を食べる。沈黙に耐えきれず、フリーター、雑誌などを読みながら食べる。

万引き娘　あ。
フリー　え？
万引き娘　いや、別に。
フリー　え？　何？
万引き娘　いや、それ、お弁当、あったなあと思って、あそこに。
フリー　まあ、うちの店のだから。
万引き娘　おいしいですよね、ここの。
フリー　あ、そう。
万引き娘　美味《おい》しいですか？　それ。
フリー　いや、まずい。こういうのも何だけど。
万引き娘　あ、そうなんですか？　美味しそうに食べますよね。
フリー　え、いや……別にどうでもいいから、味は。
万引き娘　はあ……

フリーター、何となく弁当を隠しながら食べる。

万引き娘　あー。
フリー　え？
万引き娘　そういう順番で食べるんだと思って。
フリー　え？　変？
万引き娘　え？　だってそれだとご飯《はん》余っちゃいません？
フリー　え？　駄目《だめ》なの？
万引き娘　そんなことない。
フリー　漬け物あるから、ここに。キープしてあるの。これとお茶で、ていうかさ、え？　何？
いけないの？　こうやって食べちゃ。
万引き娘　それ、もったいないですよ。
フリー　何が？
万引き娘　せめてもっと噛《か》んだ方がいいですよ。
フリー　時間ないから。あの、ごめん、ほっといて。（万引き娘に背を向ける）
万引き娘　はい。すいません。

テーブルの上の商品をポケットに入れる。

フリー　（振り向いて）え？　じゃあどうすれば……え？
万引き娘　あ。
フリー　何やってんの？
万引き娘　……あ、間違えちゃった。
フリー　いやいや、ちょっと！　ストップ！
万引き娘　あれ？
フリー　あれ？　じゃなくて何やってんの？
万引き娘　えー、だって、こっち見るから。
フリー　いや、それは駄目でしょ。
万引き娘　ですよね。
フリー　うん、戻して。
万引き娘　はい。（商品をポケットから出す）
フリー　他にもあるでしょ？
万引き娘　え？　いや。
フリー　ちょっと出して。俺が怒られるから。
万引き娘　ないですよ。
フリー　いいから出して。
万引き娘　本当にないですから。
フリー　早く。

万引き娘　え……じゃあしょうがないですね。

万引き娘、服を脱ぎ始める。

フリー　何やってんの？
万引き娘　だって信じてくれないから……あたしだったら……ご飯とソーセージを一緒に食べながら……お茶を飲んで……ご飯と漬け物、そして鮭《しゃけ》を一緒に食べます……信じてください。

母と店長、入ってくる。

フリー　いや。
母　（フリーターを叩く）
フリー　いて！
母　どういうこと！
フリー　え？
母　やっていいことと悪いことがあるでしょ！　あなた服着なさい！
店長　何やってんの？
フリー　いや、こいつ勝手に。

万引き娘、顔を覆ってしゃがむ

母　年寄りが言っても何それって言われるかもしれないですけどね、これはちょっと、問題ありますよ。今ね、店長にも言ったところ。

フリー　いや、だから、

母　今、私が喋《しゃべ》ってるの！……圧倒的な弱者に対して、そういうね、権力を振り回すってことは、人間として一番恥ずかしいことなんだって。そういうのは何の解決にもならないんだって。どういうこと？　これは。

フリー　ふざけんなよ、こいつ。

店長　困るな、こういうのは。

フリー　違う、違う。だってこいつ自分から。

母　そういう状況に追い込んだんでしょ？

フリー　こいつそれ盗もうとして……

店長　どういうこと？

フリー　いや、あの……

万引き娘　（顔を覆ったまま）どうしてそんなこと言うんですか？

フリー　おい！

母　どっちでもいいから！　女の子をこのままにしておく気ですか！……ちょっと二人にしてもらっていいですか？

フリー　休憩なんだけど。
店長　まあまあまあ。

店長、フリーター、去る。

母　大丈夫？　怖かったね？……うん、もう平気だから。
万引き娘　はい。ありがとうございます。あ！
母　うん？
万引き娘　あれ？
母　あれ？
万引き娘　先生？
母　え？
万引き娘　牛久保先生。
母　え？　あなた……もしかして……吉野さん？
万引き娘　ああ、まあ。お久しぶりです。
母　久しぶり。や、何してんの？
万引き娘　あ、まあ……
母　……何してんのっていうのもあれだけど。
万引き娘　すいません。

母　元気？
万引き娘　いや……
母　元気でも困るけど……そう。
万引き娘　はい。
母　やだ、もう。
万引き娘　すいません。
母　いや、まあ……
万引き娘　先生はもうやめられたんですか？
母　そう。今はパート。だからもう先生でも何でもないんだけど。
万引き娘　いや、でも先生です。
母　いいって。
万引き娘　あたしにとっては。
母　もう、本当にもう……駄目じゃない、こんなことして。
万引き娘　はい。
母　もうやらないよね？
万引き娘　はい。（ちらっと自分が万引きした品を見る）

母、万引き娘、去る。

［息子の部屋］

息子、床を這《は》うように登場。

残された弁当（フリーターが食べた残り）を食べる。

女、起き上がる

女　ふにゃにゃ？

息子　うん？

女　おーす。

息子　何だ？　また虫が入ってきやがったか？

女　（悲しく）ムニ〜。

息子　今、神聖なる食後のひとときだ。後にしてくれ。

女　くー。

息子　悪いな。（寝転がる）

女　あー。またにんじん残してましゅね？

息子　そうだ。あんなもの人間様が口にするしろものではない。

女　野菜はたくさんたくさん食べないと。

息子　ようし。じゃあ食え。餌の時間だ。

女　ひど～い！　（息子に軽く頭突きする）
息子　そういうすぐムキになるとこはまるでイノシシじゃないか？
女　（ほっぺたをふくらましてプンとなる）
息子　褒《ほ》め言葉だぞ。ブタや牛より高級じゃないか。

女、にんじんを息子の口に運ぶ。

息子　のわ！
女　きゃはは！
息子　あのな～。
女　何して遊びましゅか？
息子　お前と遊ぶくらいなら寝てる方がましだ。
女　お犬しゃんごっこするわん。
息子　……たく。お前はいつもそれだなあ。もっとましな遊びを思いつかんのかい。
女　今日はダックスフンドだわん。こうやるのだ。

女、ダックスフンドの真似をする。
息子、無視する。
女、息子の顔をのぞき込むようにして、舌を出してハアハア呼吸する。

息子　うるさいわ！　よだれがかかったらどないすんねん！
女　ムヒ〜……舌噛んだだす。
息子　自業自得じゃ！

女、風船を膨《ふく》らます。
息子、風船を取り上げる。

女　わわわ、何をするムニ〜。
息子　神聖な昼寝中だ。気が散るではないか。
女　ムニ〜。

女、息子の顔をのぞき込むようにして、再びハアハア呼吸する。
息子、寝返りして場所を移動する。

息子　じゃかあしい！
女　ムニ〜。
息子　お前、友達はいないのか？
女　き・み。

息子　な、何？

女　だって、いっぱいいっぱい遊んでくれたでしょう？

息子　遊んでたつもりはないけどな。

女　ううん、あたし知ってる。あたしのこと頭おかしいって言う人たくさんいたけど、君だけは違った。

息子　それは違う。

女　え？

息子　お前も俺も頭がおかしい。それだけのことだ。

女　にゃははは！　そうだね！　はなまる百点あげちゃいます！（息子の額に赤ペンではなまるを書こうとする）

息子　いらんわ！

息子、振り払おうとして女の手を握る。
二人の顔が近づく。

女　あ。

息子　あ。

女　痛いでしゅ。

息子　す、すまん。お、俺としたことが。

女、突如《とつじょ》寝る。

息子、手の感触を思い出しながらパンツに手を突っ込みオナニーを始める。

母、登場。黙って息子を見ている。

［視点］

生徒1、生徒2、生徒2の彼、旅行に行ったときのビデオを見ている。生徒2と生徒2の彼が仲良さそうに映っている。しばしビデオを見ながら歓談。

しかし、よく見るとビデオに生徒1は映っていない。

ビデオを撮っていたので当然のことであるが。

生徒1は生徒2と生徒2の彼の会話から何となく排除される。

生徒1　……（天上を見上げてしばらくした後、寝そべる）

生徒2と生徒2の彼、生徒1が寝たことをきっかけにして抱き合いながら、去る。

［ラベル貼り］

フリーター、値札を貼り替える機械を持って登場し、移動。

そこら辺に散らばる商品の値段を張り替えていく。

語学教師、フリーターの後ろを追って、値段が貼り替えられた商品をカゴに入れていく。

フリーター、一度値札貼り替えの作業を中断する。

語学教師、フリーターと微妙な距離を取りながら待機している。

フリーター、なかなか値札貼りの作業を開始しない。

語学教師　あの、まだですか？
フリー　はい？
語学教師　ちょっと待ってるんですけど。
フリー　（あえて知らないふりして）え？　何をですか？
語学教師　いや、あの、ねえ？……それ。（と値札貼りの機械を指さす）
フリー　ああ、はい。

フリーター、もったいぶって値札貼り替え作業を再開する。寝そべっている息子や生徒1にも値札を貼っていく。

語学教師、再びフリーターの後について値札が貼り替えられた商品を取っていく。

語学教師、立ち止まる。

語学教師　ちょっと。
フリー　はい？
語学教師　わざと？
フリー　え？　何がですか？
語学教師　何でお弁当（息子が食べた残り）貼り替えないの？
フリー　いや、これは、まだ。
語学教師　あっちは良くてこっちはダメなの？
フリー　そういう訳じゃないんですけど。
語学教師　どれくらい。
フリー　え？
語学教師　どれくらい待てばいいの？
フリー　いや……一時間くらいですかね。
語学教師　……持って帰る気でしょう。
フリー　ないですよ、それは。
語学教師　余ったら持って帰ろうとしてるでしょう？
フリー　ありません、そんなこと。
語学教師　いいの？　バイトがそんなことして。

フリー　えーと……
語学教師　絶対そうだ。
語学教師、フリーターを睨《にら》みながら去る。

[定年の主張]

母、店長、妻、登場。
フリーター、彼らの前まで移動する。

店長　(母に)はい。じゃあ、お願いします。
母　はい。えー……ペコペコ、ニコニコ、ハキハキという、
店長　あ、違います。ぺこぺこじゃちょっとねえ?
妻　まあねえ。ちょっと媚《こ》びてますよね。
母　ごめんなさい。何でしたっけ?
店長　ペッコリ、ニッコリ、ハッキリですね。
母　良かった。大体《だいたい》合ってた。大体合ってましたね。
店長　……どうぞ。

母　大体、大体。

店長　どうぞ。続けてください。

母　はい。まあ、あれ？　何言おうとしたんだっけ？

店長　いや、わかんないです。

母　そりゃそうだ。やだ……えー、まだ経験の浅い私ですが……皆さんが色々教えて下さったので……まあ、何とか……あの、私は、あの、ここに来る前は教師をやっていたものですから、全《まった》く慣れない環境で

フリー　（店長に耳打ちする）

店長　（頷《うなず》く）

フリーター、去る。

妻、店長に「時間かかりそうなんで残業つけていいか？」とジェスチャーで聞く。

店長、わからないふりをしているが、妻の主張がしつこいので渋々了承するジェスチャーをする。

母　……なかなか……こう……そうですね……まあ、思えば……長いようで、あっという間の四十年間であったように思います。私自身、先生になった頃は……向いてないんじゃないかなあ、もうやめてしまおうかなあなんて考えて、階段の踊り場で、出席簿をこんなふうにして泣いたことが何度もありました。

店長、妻を手招きして、共に去る。

生徒1、生徒2、万引き娘、登場。

三人は母の周りで話を聞いてるんだか聞いてないんだかわからない感じで場所を移動する。

母　……（独り言のように）でもね、ここまで続けて来られたのは生徒たち、ここにいるみんな、そして、ここを卒業していった生徒たちみんなのおかげだと思っています。みなさんには色んなことを教えてもらいました。言葉に出来ないくらい、大きな大きなものをもらったように思います。（講堂で喋っているように）入学式、運動会、臨海学校、修学旅行、合唱コンクール、学級会、様々な場面でみなさんと一緒にいっぱい、いっぱい、思い出を作ることが出来ました。どうもありがとう。……時代は悪くなる一方……よくそんなことが言われます。でも先生、そんなことは思いません。今も昔も先生にとっては、みんないい子です。泣きたいときには泣いて、笑いたいときには笑う、素直な生徒ばっかりです。悪いのは大人です。子供はみんな大人の真似《まね》をするんです。私も悪い大人の一人です。……（ニュースフィルムのアナウンサーのように）戦後六十年、私たち大人は必死になって生きてきました。少しでもいい世界になるように、食べることに困らない、幸せな世界になるように、がむしゃらに生きてきました。それがどうでしょう？　夢も希望も未来も信じることができない世界になってしまいました。お金、いじめ、ポルノ、一瞬の刺激だけを求めて満足してしまう世の中を大人が作ってしまったのです。気付いていなかったのです。いや、気付いていたのに気付かないふりをしていたのでしょう。……（その場でよろける）すみません。……どうぞ！　みなさん、踏みつぶして下さい、こんな世界なんか！　お願いです！　私を、私たちを踏み台にして新しい世界に進んで行って下さい。……責任転嫁と言われてしまうでしょうか？　私はみなさんに責任をなすりつけていると？……そうかもしれません。……いえ！　違います。いずれあなた方も踏み台にされるのです。踏みつけられて、全てを否定されて、老いて、そう、枯れて、散って、忘れられていくのです。……その時はどうぞ、喜んで踏みつけられ、踏みにじられて下さい。そうやって人間は歴史を作ってきたのです！　どうぞ勇気を持って未来に一歩踏み出して下さい。私はそれを……私は……歌いましょう！

母、呆然《ぼうぜん》としている。

［合唱］

生徒たち、『大きな歌』を歌い出す。

生徒全員　（歌って）大きな～大きな～歌だよ～歌だよ～

母、移動して生徒達の輪に加わって歌う。

歌い終わる。

母　あー、懐かしい。
生徒1　はい。
生徒2　由美ちゃん、指揮者だったよね。
生徒1　うん。
生徒2　泣いちゃってね。
生徒1　だって、男子全然言うこと聞かないから。
母　いつもそうなるんだよね、あれは。
生徒2　そう、でもあたし偉くない？　男子全員集めて説教したんだよね。「かっこ悪いよ」って。
生徒1　でも全然聞いてくれなかったよね？　「え？　どこ？　どこ？　誰か何か言ってる？」
みたいな。
生徒2　そう、ここ（おでこ）押さえられて、みんなすごい背が高かったから。

生徒1と生徒2、再現する。
息子、登場。

母　何？　今お客さん来てるから。
息子　あ。

母　……息子。
生徒たち　……お邪魔してます。
息子　ちょっと（母を手招きする）
母　何なの。……ちょっとごめんね。

母と息子、去る。

生徒1　息子さん、いたんだ。
生徒2　そりゃ、いるでしょ。
生徒1　うるさかった？　あたしたち。
生徒2　何かすごい睨んでたよね？
生徒1　ちょっと凍《こお》った。
生徒2　ねえ。（チラと時計を見る）
生徒1　あ、そろそろ？
生徒2　……うん。
生徒1　何だ、ケーキ食べに行こうかと思ったのに。
生徒2　ごめん。バイト終わって会うから。あそこすごい美味しいよね。
生徒1　うん、でしょ？
生徒2　食べたい。

生徒1　食べようよ、一緒に。
生徒2　でもたっくん、甘いの苦手だし。
生徒1　そっか、残念。
生徒2　ごめん。
生徒1　こっちこそごめん。
生徒2　ううん、こっちこそごめん。でも美味しいよね。
生徒1　うん、美味しい。あ、そうだ。この前の写真出来たよ、旅行の。
生徒2　え？　本当。ありがとう。
生徒1　（鞄から写真を出す）はい、二人分。
生徒2　わ、嬉しい。
生徒1　何か、ごめんね。
生徒2　何で？
生徒1　何か新婚旅行にあたしがついてったみたいになっちゃって。
生徒2　全然。すごい喜んでたよ、あいつも。
生徒1　本当？
生徒2　うん。三人で行って良かったって。

母、登場。

母　ごめんなさいね。
生徒2　いえ。だいじょうぶですか？
母　うん？　大丈夫よ。
生徒2　……へえ。あ、そろそろ行きます、私たち。
母　あ、そう？
生徒1　ごちそうさまでした。
母　いえいえ。あ、そうだ。吉野さんて覚えてる？

生徒1と2、顔を見合わせる。

生徒1　……え？　誰ですか？
生徒2　二組の人？
母　そうよ。ほら、何か、眼鏡《めがね》かけて……いっつもうつむいてて……結構休みがちだったけど、

万引き娘、万引きをするような身振りを繰り返す。

生徒2　あー……わかんないや。
生徒1　思い出せないですね。
母　本当？

生徒2　アルバム見ればわかるかな？

母　どうだろう？　囲みの中に入ってたから、集合写真は。

生徒2　えー？　気になる。自殺？

生徒1　え？　自殺？

母　違うって。この前会ったから。

生徒2　何だ。

生徒1　殺さないでよ。

生徒2　話の流れで。

生徒1　わかる。

生徒2　でしょ。

生徒1　うん、へえ、誰だろう？

母　あたしも一瞬わからなかったんだけど。

生徒2　変わってました？

母　うん、そうね。でもほらわかんないかな。クラスに一人はいたでしょう？　そういう人。授業中、手を挙げたこともない……休み時間誰かと一緒にいたこともない……そういうみんなの記憶の空白にいる人……

母、生徒1、生徒2、去る。

［万引き娘のドメスティックバイオレンス］

店長、登場。

店長、万引き娘の手をつかむ。

店長　はい、どうぞ。

万引き娘　私はまた過《あやま》ちを犯してしまいました。

店長　声が小さい。

万引き娘　私はまた過ちを犯してしまいました。

店長　続けて。

店長、テニスのフォームを見てあげるように、万引き娘の万引きシーンを反復する。

店長　万引きは犯罪です。

万引き娘　万引きは犯罪です。

店長　もう猶予《ゆうよ》はありません。

万引き娘　もう猶予はありません……

店長　名前は？

万引き娘　名前は？

店長、万引き娘から離れる。

店長　ふざけるな。
万引き娘　何度か変わってるので覚えてません。
店長　……事情は知らないけど今現在の名前を言って下さい。
万引き娘　仮名《かめい》でもいいですか？
店長　いいや。
万引き娘　偽名《ぎめい》は？
店長　もちろんダメ。
万引き娘　じゃあ適当に付けて下さい。

店長、カメラを向けて万引き娘を撮る。

万引き娘　やめて下さい！
店長　何で？　そっちがその気なら証拠を残すから、こっちも。もう一回やってみて。
万引き娘　え？
店長　万引き。

万引き娘　手だけ。手だけを撮って下さい。
店長　だめだ。

万引き娘、しぶしぶ万引きを再現する。
それをカメラで撮る。

店長　はい、反省。
万引き娘　（手を見ながら）……この手が何かを摑《つか》んでしまったばっかりにこのような結果を招いてしまいました。いや、この手が悪いのでしょうか？　いえ、悪いのはこの私です。
店長　（無言で頷く）
万引き娘　この手は純粋に摑みたかったから摑んだに過ぎません。……むしろ、この手を誘惑した商品が憎い。
店長　ちょっと待て、おい。
万引き娘　はい。
店長　反省になってないだろう。
万引き娘　そうでしょうか？
店長　ふざけるなよ。
万引き娘　……やってみます。（手をさらにじっと見て）私は生まれたときからこの手を知っています。顔を洗うときもお尻を拭《ふ》くときもこの手は、いいえ、何をしなくてもこの手は私といつも一緒に過ごしてきました。にもかかわらず、この手は最近私を裏切ります。まるで反抗期を迎えたかのように私を嘲笑《あざわら》うのです。

店長、万引き娘の写真を撮る。

万引き娘　……そう、この子にとっては今が一番いいときなのかもね……そんな頃の写真を撮っておくのはいいことだよね、きっと。……この子に罪はありません。悪いのはこの私。いつまでも奴隷のようにこき使い続けた私を許して欲しい。忘れてたんだね、いつも一緒にいたから。

店長　そう。もっと罪を自覚して。一生忘れない、一生残る傷を刻みつけてくれ！

店長、万引き娘の手のひらに近づいて写真を撮る。

店長　ん？　（万引き娘の手首を掴んで）何？　これ。

万引き娘　え？

店長　傷だらけじゃない。これ？　（リストカットのジェスチャー）

万引き娘　あ！　（手を振りほどいて隠す）

店長　……ちょっと……何なの？　これは。……何だよ。そっち側？　そっち側の人間なの？　まいったなあ。

万引き娘　あの……先生には言わないで下さいね。
店長　そういうわけにはいかないよ。
万引き娘　お願いします。
店長　終わり終わり。踏み込みたくないから。面倒《めんど》くさいから。まいったな。
万引き娘　言わないでもらえますか？
店長　言うよ。俺だけがそういう、（傷を）見ちゃったっていうのは荷が重いから。
万引き娘　本当にもうしませんから。言わないで下さい。
店長　やだやだ。
万引き娘　本当に。
店長　あの、見逃すから、今回も。二度と来ないでね。出入り禁止ってことで。
万引き娘　はい。ですから……
店長　さよなら。
万引き娘　あの……
店長　じゃあね。
万引き娘　言うなっつってんだろ！
店長　……言わないよ。
万引き娘　……
店長　写真見せるだけだから。
万引き娘　やめろよ！

万引き娘、カメラを奪おうとする。

店長、万引き娘を押さえつける。

店長　じゃあさ、もうそれでいいから。そっち側の人間ってことでいいから、役割代えようよ。

万引き娘　放せよ！

店長　そっち側の人間として、罵《ののし》ってくれない？　俺を。口汚く。腐った大人として、未来のない、死んだ目をした肉の塊《かたまり》として。どう？

万引き娘　は？　意味わかんない。

店長　そうしたらこの写真見せない。

万引き娘　……腐った大人なんですか？

店長　どうだろう。わからないよ、自分じゃ。常識人だと思ってるけど。

万引き娘　無理です。

店長　無理してくれ。俺はねえ、無理が出来ない、というか、そう考えちゃってるから。そういう意味じゃこれほど腐ってることもないだろう？

万引き娘　……わかりました。

店長　(手を離して) 撮ってくれ。

万引き娘　え？

店長　今、どんな顔してるか知りたいから。

万引き娘　（カメラを構える）
店長　……笑った方がいいのかな？
万引き娘　はい。笑って下さい。……笑って下さい。
店長　罵ってくれ。
万引き娘　……何を求めてるんですか？　あたしに。
店長　罵り役。
万引き娘　できないですよ、そんなこと。あたし、別にそんな資格ないし……だって、本当、バカなんですよ、あたし……何も出来ないんですよ。誰にも必要とされてないし、面倒だし、それ自分でもわかってるけどどうにもならないし……
店長　必要だ。
万引き娘　え？
店長　お前が必要だ。
万引き娘　（笑って）ごめんなさい。残念ながら、私はもうここにいないんです。もうとっくにバラバラになっちゃいましたから。私を私と思わないで下さい。
店長　何それ？
万引き娘　これ（手）もこれ（頭）も私じゃないんです。みんな言うこと聞いてくれないんです。
店長　は？
万引き娘　だからあなたも私なんですよ。区別付かないんですよ、もう。
店長　わけわかんねえな。じゃあ、お前は誰だ？

万引き娘　わかりません。
店長　じゃあ、お前は……

店長、その辺に転がってるお菓子か何かの製造番号を読む。

店長　11K82。おい、11K82。
万引き娘　はい。11K82です!……何かすごい嬉しいです。ありがとうございます!
店長　いらないから、そういうのは。今度はこっちの番。
万引き娘　え?　何でしょう?
店長　罵れって。
万引き娘　……
店長　早く!
万引き娘　……クズ……
店長　もっと
万引き娘　クズ。クズ!
店長　もっとバリエーションないのかよ。
万引き娘　死ね!　クズ!
店長　もっと!

万引き娘、店長、去る。

［笑顔］

女、管理人、登場。

管理人　お仕事は何をされてるんですか？
女　まあ、介護《かいご》です。
管理人　え？
女　あの、よしよしって。
管理人　あ、介護。そうですか。大変ですよね。
女　そんなこともないですよ。楽しいです。
管理人　何人くらいで住むおつもりですか？
女　ちょっとまだわからないですね。
管理人　その、田舎《いなか》から出ていらっしゃるということですか？
女　まあ、そうですかね。フフ、（バッグからお菓子を出して）食べます？
管理人　あ、すいません。（お菓子を食べる）
女　これ（お菓子）色んな種類あるんで、フフ。

管理人　美味しいです。
女　フフ。
管理人　一応、どなたが住まれるのか聞いておかないと。
女　フフ、（別のお菓子を出して）こっちも食べます？
管理人　いえ、結構です。今日身分証明書みたいなものあります？
女　フフ、ないです。フフ
管理人　おかしいですか？
女　え？　フフ、何か、フフ。
管理人　別におかしくないですよ。私、笑ってるように見えます？
女　いや、フフ。
管理人　全然おかしくないですよ。怒ってるんですよ、これ。ちょっと覚えておいて下さい。
女　えー、何でですか？　フフ。
管理人　笑いたくないからです。笑えないんですよ。だから、表だけこういう顔（笑顔）してるんです。あなたもそうでしょう？　笑えないからそうしてるんでしょ？
女　フフ、全然わかりません。
管理人　騙《だま》されませんよ。僕もそれ得意なんで。
女　面白いですね。
管理人　（更に笑って）面白くないですよ。で、借りるんですか？　借りないんですか？
女　（冷たく）借りないけどここにいます。会いたくなったらまた来てください。

女、封筒を置いて去る。
管理人、封筒を開けて中を見る。中には何も入っていない。

［夫婦の時間］

妻、登場。
管理人、手紙を急いで丸める。
妻、寝そべる。
管理人、逆立ちする。

管理人　これ、健康にいいらしいぞ。
妻　……（面倒くさそうに見て）ケガするよ。
管理人　こうやって世界を逆さまに見ると……
妻　……
管理人　逆さまに見えるねえ。
妻　……
管理人　俺は重力に逆らう。お前は逆らわない。

妻　うるさい。

管理人　猿から進化するときこうやって立とうとした奴はいなかったのかね？

妻　（深くため息をついて）はー。昔からあるよね。そういうどうでもいいこと言うところ。

管理人　（逆立ちやめてしゃがむ）血が……降りてくる。

妻　あたしも不思議に思ってることあるよ。

管理人　何？

妻　あたし、何でここにいるんだろうって。あんたと結婚して、こんな狭くてじめじめしたところに、あんたと二人でいるんだろうって。

管理人　奇跡だよね。

妻　バカにしてる？

管理人　してないよ。

妻　日本人じゃなかったかもしれないとかね、思うわけよ。

管理人　どっからどう見ても日本人。モンゴロイドだよ。

妻　いや、違うと思う。ヨーロッパの血だって流れてる可能性はあるらしい。うちの家系。

管理人　ないないないない。

妻　だってあたしパン好きだし。

管理人　わかったよ。

妻　……ブタなの？　あたしは。

管理人　何それ？

妻　前、言ってたじゃん。
管理人　言ってないよ、そんなこと。
妻　言った。
管理人　言ってない。
妻　ブタでもいいよ。ていうか、ブタの方がいいよ。価値があるんだから。百グラム百二十円とか。こま切れ。ねえ、（自分の腕をつまんで）この肉に価値はないの？　どんどん腐っていくだけだよ。このままじゃ。
管理人　何をわけわかんないこと、
妻　結婚したときは、早く年取っておじいちゃんおばあちゃんになりたかったけど、無理。我慢できない。
管理人　俺、寝るわ。
妻　……そんな魅力ない？
管理人　……だから言ってるだろ。無理なんだから。立たないの。
妻　だからあたしに魅力がないからでしょう？
管理人　そうじゃないって。だからそう言われると余計傷つくんだよ、こっちは。夫の資格がないみたいにさあ。
妻　だからそれはあたしに問題あるって言ってるってことわかってる？
管理人　だから俺が悪い！　それでいいだろう！……もういい、寝る。
妻　子供が欲しい。

管理人　それは、お前……

妻　何よ。

管理人　お互い同意の上だろう？

妻　同意させられたんでしょう？

管理人　お前、それはずるいよ。

妻　あたし、欲しかったもん、子供。

管理人　それ、ずるい。

妻　あんたが欲しくなかっただけでしょう？

管理人　だから、それでいいかって聞いただろう？

妻　そう言われたらそう返すしかないじゃん。だって一人で作るもんじゃないんだよ？

管理人　……

管理人、去る。
妻、立ち上がる。

妻　わかった。もういいからこの話は……ねえ、だから面白い夢見たんだって。あたし、フランス人だったのね。パリの小さいアパートのベッドで眠ってた。眠って夢見てた。日本人になってる夢。つまり、あたしになってるわけ。……面白くない？

［妻の主張］

店長、妻、フリーター（店員の格好である）、母、万引き娘、登場。
フリーター、万引き娘を睨んでいる。
他の者も万引き娘の存在を意識しているがそのことは口にしない。

妻　今日は九十八点でした。

全員がまばらに拍手する。

妻　ほぼ完璧だったと思います。今まで働いてきて一番ってくらいですね。レジ打ち、棚卸し、ペニハ運動、全てに気を使って効率的にやり遂げたと思っています。後の二点はそうですね……百点って言っちゃうと明日から目標がなくなっちゃうからかな。あ、あとだからもう少しお給料上げてもらえたら百二十点はいけるかも、とか言って。すいません！

店長　う！　痛いところ突かれちゃいましたねえ。もう少し景気が良ければねえ。今のところは焼き肉で勘弁して下さい！

全員、笑う。

店長　はい。ありがとうございました。じゃあ、お願いします。
妻　お疲れ様でした。
全員　お疲れ様でした。

フリーター、妻、去る。

母　あの……
店長　え？　何ですか？
母　今日は余ってませんか？
店長　あ、弁当一個余ったんで、持ってきます？
母　（万引き娘をちらと見て）……そうですか？　はい、ごめんなさいね。いただきます。
……失礼します。

母、弁当（これまでリレーしてほぼ空っぽになったもの）を持って、去る。

万引き娘　……あの、私、大丈夫ですかね？
店長　何が？
万引き娘　何も言われないんですけど。

店長　言わないでしょう、関係ないから、別に。
万引き娘　はあ……それじゃ。（帰ろうとする）
店長　……ババア、今日も持ってった。
万引き娘　……そのババアって呼ぶの、やめてもらえます？
店長　何で？　ババアはババアでしょ。
万引き娘　先生なんで。私にとっては。
店長　それは昔のことでしょ？
万引き娘　でも今も変わりません。
店長　俺にとっては先生でも何でもないから。ババアは。
万引き娘　何かあったんですか？
店長　……何もないよ。何もないからこうなってんだよ。

万引き娘、去る。
店長、部屋の電気を点けたり消したり繰り返す。

［息子の部屋２］

息子、女をおんぶしながら登場。

女を寝かし、自分も横たわる。

女、ゆっくり起き上がり、息子の耳かきをする。

息子　なあ？

女　んー？

息子　呼んだだけ。

女　何それ。

間。

息子　なあ？

女　……

息子　なあ？（女に顔を向ける）

女　ちょっと、危ない。

息子　ごめん。

女　何？

息子　いや、何考えてる？　今。

女　おっきいの取れないかなあって。

息子　ああ。

女　結構難しいんだよ、これ。
息子　声出してもいい？
女　え？　いいよ。

息子、ホーミーで声を出す。

女　変なの。
息子　でも何か気持ちいいだろ？
女　どうやってんの？
息子　これ、結構難しいんだよ。これで羊を呼ぶんだ。
女　呼んで、呼んで。

息子、ホーミーをする。
全ての俳優達がゆっくりと登場。
息子の声を聞きながらぼんやりとしている。
そのうち、携帯電話を見たり、ゲームをしたり、デジタルカメラをいじったりし始める。
照明が落ちていくと、ぼんやりとそれらの機器に照らされた亡霊のような俳優の顔が浮かび上がる。

女　集まってきた？

息子　（目を閉じて）ああ。
女　かわいい？
息子　ああ、かわいい。
女　何してる？
息子　耳かきしてる。
女　え？　そうなんだ。かわいいね。
息子　ああ、とってもかわいい。
女　幸せそう？
息子　もちろん。
女　眠ってもいいよ。
息子　いや、もったいないよ。それに眠ったら終わっちゃうから。
女　何が？
息子　世界が。
女　終わらないよ。
息子　終わるんだよ。お前がいなくなっちゃうだろ？　俺が目つぶったら。だから世界が終わっちゃうんだよ。
女　よくわかんない。
息子　いいよ、わかんなくて。
女　（時計を見て）あー、面白かった。おやすみ。（息子の頭を膝から降ろす）

息子　あれ？　終わり？
女　終わりじゃないでしょう？
息子　いや、あ、延長延長。
女　（首を横に振る）
息子　眠るから。眠るまでお願い。前払いするから。
女　わがまま言わないで。また帰ってくるから。
息子　ずっと起きてるみたいなんだよ、最近。心臓が痛くて。
女　ちゃんと帰ってくるから。
息子　紫外線気をつけてね。あと、放射能と電磁波。ウイルスも。
女　大丈夫だよ。
息子　多分《たぶん》色々侵入してきてるんだと思うんだよ。だから心臓がこんなに。

息子以外、全員去る。
息子、死んだように寝そべっている。

［ありふれた恋愛］

語学教師、生徒2、登場。

語学教師　ボンジュール。

生徒2　ボンジュール。

語学教師　（テキストをめくりながら）えーと、どっからだっけ？

生徒2　恋人に会う前のところです。

語学教師　ウィー。今日、あなたは誰と会いますか？（その後フランス語で言う）

生徒2　（フランス語で）Qui《キ》 allez《アレ》-vous《ヴ》 voir《ヴォワール》 aujourd'hui《オジュルデュイ》 ?

語学教師　（Rの発音を注意する）今日私は恋人と会います。（フランス語で）Aujourd'hui《オジュルデュイ》, je《ジュ》 vais《ヴェ》 voir《ヴォワール》 mon《モン》 copain《コパン》.

生徒2　それはいいですね。（フランス語で）C'est《セ》 bien《ビアン》.

語学教師　（手紙を書きながら読む）……これが最後の手紙です。もともとそんなに愛想のないあなたのことだから、だから何？　って思うかもしれませんが、ごめんね、ちょっとだけ付き合って欲しいと思います。今となってはあなたに会ってしまったことが、私にとっての最大の不幸だったのでしょう。だって、あの日を境に私は変わってしまったから。

生徒2　今日、あなたは誰と会いますか？（その後同じ言葉をフランス語で繰り返す）

語学教師　できれば、ずっと閉じこめておいて欲しかった、あのホテルの狭い部屋に。笑っていいですよ。あなたにとって何の価値もない女の戯言《ざれごと》だと、笑い飛ばしてもらって構いません。

生徒2　今日私は恋人と会います。（その後同じ言葉をフランス語で繰り返す）……それはいいですね。（その後同じ言葉をフランス語で繰り返す）

語学教師　それとも今頃、あなたの隣にいる誰かさんに見つからないように、この手紙はもう紙くずのように丸められて、ゴミ箱の下の方に埋もれてるのかもしれませんね。その上にはタバコの吸《す》い殻《がら》が無造作《むぞうさ》に捨てられて……

生徒2　……彼を友達に紹介しましたか？（フランス語で）Avez《アヴエ》-vous《ヴ》 présenté《プレサンテ》 votre《ヴォートル》 copain《コパン》 à《ア》 votre《ヴォートル》 amie《アミ》 ? ……はい、紹介しました。（フランス語で）Oui《ウイ》, je《ジュ》 le《ル》 lui《リユイ》 ai《エ》 présenté《プレザンテ》. ……それはいいですね。（フランス語で）C'est《セ》 bien《ビアン》.

語学教師　あんなにタバコの吸い殻は燃えるゴミと一緒にしないでと口を酸《す》っぱくして言ったのに、いっこうに改善される余地はありませんでしたね。そもそもタバコをやめられない、やめるつもりもない、依存症の、そういうあなたの弱さが嫌いでした。今あなたの隣にいる子もまたあの副流煙《ふくりゆうえん》の被害に遭《あ》っているとしたら、お気の毒と言うしかありません。副流煙の被害は深刻です。喫煙者は常に周囲に気を配るべきじゃないでしょうか。そうは言ってもこの手紙はすでにゴミ箱の最下層で息絶えてしまっているのでしょうから、意味のない独り言に過ぎません。

生徒2　……彼と友達はとても仲がいいです。（フランス語で）Ils《イル》 s'entendent《サンタンドゥ》 très《トレ》 bien《ビアン》.

　生徒2、去る。

語学教師　というか、そもそもこの手紙はまだ書かれている途中です。これを私がポストに放り込まなければあなたに届くこともないのです。（ペンを紙から離して空中に何かを書くように）そんな手紙は一体手紙とすら言えないのではないでしょうか？　そうです。察しのいいあなたのことだからおわかりになると思いますが、もうこの手紙は書かれてすらいません。こんなふうに遡《さかのぼ》りながら、いっそのことあなたと出会う前に遡ることができたらとも思ってしまいます。そうしたらどんなに幸せか。あなたは私の知らないところで暮らし、私もあなたの知らないところで生活を営《いとな》んでいる。……でも、やはり、それはそんなに幸せではないかもしれません。あなたに会うことが出来ないなんてやっぱり淋しいです。そうですね。その通りですね。もう言葉にすることさえやめてしまおうと考えています。言葉になる前の……

語学教師、内面世界を彷徨《さまよ》うような、曖昧《あいまい》な仕草《しぐさ》を繰り返す。
語学教師、我に返りノートを拡げ、予習をする。

［青年の主張］

フリーター、母、登場。
二人、作業を始める。
フリーターのペースの方が明らかに早い。

フリー　大丈夫ですか？
母　あ、はい、あの……もうすぐです。（段ボールの箱の中身を検品する）
フリー　ちょっと時間かかりすぎですね。仕事はまだいっぱいあるんで。
母　すいません。
フリー　いや、僕一応チーフなんで。言っとかないとあれなんで。
母　はい。
フリー　牛久保さん、結構手が止まってるから。
母　すいません、不器用で。
フリー　（検品作業をしながら）左手でこうしたら、もうその時は右手は物掴んでないと。
母　もう一回いいですか？
フリー　（作業を続けながら）もう一回も何も、ずっとこれの繰り返しなんで。
母　（ぎこちないながらも真似をしてみるが手が交差してうまくいかない）あれ？
フリー　ゆっくりでいいですよ。
母　はい。
フリー　ずっとそのままじゃ困りますけど。
母　はいはいはいはいはいはい。（言葉だけ徐々に早くなる）
フリー　口だけじゃなくて。
母　はい。
フリー　そういう無駄が積もり積もって、莫大《ばくだい》な無駄が生じるわけですよ。……そうですね。そう、最初は時間かかります。それはしょうがない。初期投資だと思ってもらうしかないですね。でもこのテクニックが身についたら、効率アップにつながるわけですよ。

母、勢い余って商品をつぶしてしまう。

母　あ、すいません。

フリー　それもありです。

母　そうやって見られてると、ちょっと。

フリー　言い訳はいりません。無駄をなくすということに本気で取り組んで下さい。

母　はい。すいません……そうね、もったいない、もったいない、もったいないったらありゃしない。

フリー　すいません。それも無駄です。口動かしてる暇あったら手を、ね？

母　はい……

二人、しばらく無言で作業する。

母　……でも……

フリー　はい？

母　あ、いいです。これも無駄になるかも、ですから。

フリー　どうぞ。前置きも無駄です。

母　あの……無駄の価値ってものもあるんじゃないですか？

フリー　出た。

母　やっぱり人間は無駄があるからこそ、ってところありません？

フリー　無駄の価値。それについて話すには三分《さんぷん》僕に時間を下さい。その三分は決して無駄ではないと判断します。もちろん手は動かしたままで聞いて下さい。もちろん僕もそうします。まず、無駄の定義なんですけどね、無駄に価値があったらそれは無駄ではないってことですよ。目的によって無駄か無駄じゃないか決まるわけですよね？　じゃあ、ある目的に沿わない行動を無駄とした場合、無駄に価値があるとしたら、そこには別の目的を設定してるわけですよね？　別の目的においては価値があると。

母　まあ、そういうことですけど……

フリー　だから、僕が言いたいのは、勝手に目的を設定しないで下さいってことなんですよ。今、僕たちの目的は早く検品して、早く棚に並べることなんですよ。

母　そんなの言われなくてもわかってますよ。

フリー　じゃあ、やって下さい。

母　こんなの楽しいですか？

フリー　楽しい……

母　だって、募集広告に「わきあいあい！　仲間と一緒に楽しく働ける職場です」って書いてありましたよ。

フリー　それも目的ありますよ。人が集まるでしょう？　そう書いた方が。楽しいか楽しくないかは個人の主観なんで。

母　飲み会とかもあなた、行くでしょう？

フリー　出ておいた方が陰口《かげぐち》言われないでしょう？

母　裸になったりしたんでしょう？

フリー　あえてマイナスも見せた方がいいじゃないですか。

母　それで楽しい？

フリー　だから、楽しいかどうかは個人の主観なんで。

母　あなた、いじめられてた？　昔。

フリー　は？

母　ごめんね。でもそうでしょう。何となくわかる。

フリー　あの……というか、いじめもローテーションなんですよ。持ち回りでいじめには遭《あ》うんです。いじめられたら、少しいじめられて、今度は別の奴にバトンタッチすればいいんです。

母　それじゃ何の解決にもならないでしょう？

フリー　先生ヅラするのやめてもらえます？　何もわかってないくせに。いいですか？　目的を読み誤るイコール死なんですよ。そういうサバイバルを繰り返して来てるんで、こっちは。やめてくださいよ、下らないエセカウンセリングは。

母　こっち、終わった。手伝おうか？

フリー　いいえ。もちろんこっちも終わりました。

母、フリーター、競うように去る。

[復讐の時間]

生徒1、生徒2の彼、登場。

彼　(タオルで髪を拭きながら) これ、借りちゃった。

生徒1　あ、うん。

彼　暑くない?

生徒1　別に。

彼　あ、本当? (爪を切ってる生徒1を見て) あ、爪切ってる。

生徒1　……うん。

彼　夜、爪切ると何とかって昔言われなかった?

生徒1　ああ。

彼　親の死に目に会えないとかだっけ?

生徒1　知らない。

彼　え、そうだよ、確か。

生徒1　じゃあ、そうなんじゃない。
彼　え、いいの？
生徒1　別にいいよ。うち母親死んでるし、父親は別にいつ死んでも構わないし。
彼　申し訳ない。（近づいて生徒1の肩を抱く）
生徒1　ちょっと集中できない。
彼　（離れて）ごめん。本当、ごめん。……シャワー浴びてきたら。気持ちよかったよ。お湯の出がいいね、ここ。
生徒1　……うん。
彼　ビールとかある？
生徒1　ない。
彼　あんまり飲まないんだ？
生徒1　ワインなら飲む。
彼　いいねえ。飲もうよ。
生徒1　はー。
彼　ん？
生徒1　何でそんなに簡単なのかなあ？
彼　何が？
生徒1　みっちゃんに悪いなとか、ないの？　そういうの。
彼　あるよ、そりゃ。でもしょうがないよ。

生徒1　何が？
彼　いいや。笑われるから。
生徒1　何それ。
彼　いや……本気になっちゃったんだよね、うん……だから二人で会ってるのとか、本当、辛《つら》くて。
生徒1　みっちゃんのどこが嫌い？
彼　え？　いや、嫌いっていうか……
生徒1　だって、みっちゃんと比べてあたしを選んだんでしょう？
彼　まあそうだけど……
生徒1　セックスはどのくらいの頻度《ひんど》でしてた？
彼　え？　いや、それは……（首を横に振る）
生徒1　本気だったら全部言って欲しい。だってあたし友達なんだよ。友達裏切るんだから、そっちもそのくらいの覚悟持って欲しい。
彼　……週1くらいかな？
生徒1　嘘だあ。だって旅行の時だってしてたじゃん。二日間連続で。
彼　え？　知ってたの？
生徒1　当たり前じゃん。
彼　いや、あれは旅で興奮してたから。
生徒1　じゃあ、みっちゃんの性感帯は？

彼　え？……それは……

生徒1　言って。

彼　耳の裏側と……太ももと……かな？

生徒1　後《あと》は？

彼　え？　いいよ。

生徒1　ちゃんと言って欲しい。

彼　ま、だから、クリトリスとか……

生徒1　へえ……一緒だ。

彼　え？　あ、そう。

生徒1　うん。それから。

彼　あと、手のひらも。

生徒1　へえ。（自分の手のひらを触る）

彼　……うん。

生徒1　興奮してきた？

彼　ああ……やばいわ。

生徒2の彼、生徒1に抱きつく。

生徒1　ちょっとやめて。何ですぐそうなるの？

彼　（離れて）ごめん……

生徒1　それじゃあ、ただやりたいだけってことじゃん。

彼　いや……違うよ。でも……

生徒1　今、とっても大事な時間だと思う。全部お互い受け入れて次の段階に行こうっていう、そういう儀式なんだから。慎重になって欲しい。

彼　わかった。

生徒1　想像して。今、みっちゃんが何をしてるか。今何してる？

彼　今？

生徒1　そう、今、みっちゃん何してる？

彼　……今、語学学校に行ってるんじゃないかな？

生徒1　あ、そうなんだ。何で？

彼　フランス行きたいって言ってたから。

生徒1　そうなんだ。知らなかった。

彼　将来、あっちで仕事したいって。

生徒1　そんなこと一言も言ってなかった。

彼　もういいよ！　あいつのことは。

生徒2の彼、生徒1に近づく。

生徒1　ちょっと待って。あの……最初に言っておくね。
彼　何？
生徒1　多分、あたしに飽きると思う。
彼　そんなことないから。
生徒1　いや、飽きていいから。あたし、何にも面白くないから。空っぽだから。適当に飽きたら捨てていいからね。その辺に、ぽいって。
彼　そんなことない、絶対。そんな悲しいこと言うなよ。すげえ魅力あるよ。
生徒1　いい、いい、そういうのは。いや、あたしも飽きると思うから、先に言っておこうと思って。その方がね？　お互いいいでしょう？
彼　……
生徒1　じゃあ、まあ……やりますか？　パアッと！　はいはい、えーと、まず、何だ？　シャワーか。あの、性感帯とかもみっちゃんと一緒だから。やりやすいと思うけど。そっちの性感帯はどこ？　おちんちん？　やっぱり。
彼　……ふざけんなよ！　バカにすんじゃねえよ。
生徒1　……ごめん。そうだよね……何か、怖くて。
彼　……
生徒1　……初めてだから。
彼　……そうなの？
生徒1　……優しくして、とか言われると重荷？　それとも興奮する？

生徒2の彼、優しく生徒1を抱きしめる。
生徒1、虚《うつ》ろな目で天井を見ている。

生徒1　あ、ごめん。
彼　何？
生徒1　いや……うん、あの子にいつもしてるようにして。
彼　何でだよ。もういいだろう？
生徒1　よくない。
彼　おい。
生徒1　ごめん。嫌なのはわかるけど。あたしも嫌だから。でもそうした方がいいと思う。そうして欲しい。
彼　……
生徒1　お願い。

生徒2の彼、荒々しく生徒1にキスをする。
二人、去る。
予習をしていた語学教師、突然しゃがむ。
フリーター、登場し、値引き札を貼り始める。

フリーター、語学教師に気付く。

フリー　大丈夫ですか？

語学教師　あ、はい。いいですよ、ほっといて。

フリー　いや、ちょっと。そこにいられると……ちょっと。

語学教師　ごめんなさい。ちょっとずっとつけてくる人がいて。電車三本も乗り換えて来たんですけど。やっぱりちょっとまだつけてるみたいなんで。

フリー　はあ。

語学教師　あの、前の彼氏なんですけど。やっぱり忘れられないみたいなんで。あ、そうだ。ちょっとこの手紙渡してもらっていいですか？（手紙を取り出す）

フリー　いや、ちょっと困ります。

語学教師　困ってるんです、あたしも。

フリー　あの、バイトなんで、僕は。

語学教師　だから何？

フリー　仕事あるんで。

語学教師　それ貼るだけでしょ。そんなのあたしだってできるから。

フリー　それだけじゃないんですよ。他にもたくさんあって。こうしてる間にもどんどん時間が過ぎてるわけですよ。って喋ってる間にもどんどんどんどん。やばい、やばい！　やばい！

語学教師　（フリーターの値引きシールを取って、フリーターに貼っていく）

フリー　え？
語学教師　ほら、どんどん下がっていくよ、あんたの値打ちが。
フリー　やめてくださいよ。
語学教師　買ってあげるから。あんたの時間。
フリー　え？
語学教師　はい。千円。（千円を財布から出してフリーターに押しつける）だから渡してきて。はい。（フリーターに手紙を渡す）
フリー　（受けとって）はい。
語学教師　お願いね。

語学教師、去る。

フリー　え？　ちょっと。誰に？……（迷って封筒を破くと、白紙の便せんが入っている）え？　え？

［雇用主の主張］

店長、妻、フリーター、母、万引き娘、登場。

店長　今日は、じゃあ、私が。えー、今日は百点でした。

全員、何となく目を合わせて拍手する。

店長　今日は一日よく頑張ったと思います。最後までやり切りました。……私は嘘をついていました。その嘘を皆さんに気付かれることなく、最後まで笑顔で切り抜けました。だから、百点。……えー、皆さんにお伝えすることがあります。この店はたたみます。
妻　え？
フリー　え？　マジですか？
店長　今までどうもありがとうございました。
妻　あの、
店長　はい。あの、皆さんの給料は今月分は何とか用意できると思います。すみませんでした。もうねえ、限界です。
妻　どうしてですか？　売り上げ伸びてたんじゃないんですか？
店長　伸びてるわけないでしょう。なあ？
万引き娘　はい。
フリー　……じゃあ、今月いっぱいってことですか？
店長　ごめんなさい。そういうことです。
フリー　わかりました。……じゃあ、

店長　え？
フリー　え？　帰ります。
店長　あ、うん、お疲れ様でした。
フリー　お疲れ様でした。
母　……あの、どうにかなりませんか？
店長　どうにもならないですねえ。
母　息子がいるんですよ、無職の。やっと仕事覚えてこれからって時に。この仕事見つけるまでも本当に大変だったんですよ。不器用なんで、私。
店長　すいません。
妻　もっと前に言って欲しかったんですけど。新しいパート探す時間とかもあるんで。
店長　すいません。
妻　大体、この子（万引き娘）入れたからこんなことになってるんじゃないですか？
店長　すいません。
フリー　……じゃあ、僕、
店長　すいません！　ウソです、たたむの。続けます。……だから来てね。田舎から出てきて特に目的もなくぶらぶらしてるそこのフリーター。
フリー　え？
店長　ね、ダメ亭主抱えて欲求不満でイライラしてるそこの主婦もお願いします。
妻　は？……店長。言っていいことと悪いことがあると思うんですけど。

店長　図星《ずぼし》ですいません。
妻　ちょっと謝ってください。
店長　給料、給料ってこっちは過労死寸前だよ。
妻　それは関係ないでしょう？　今の発言に謝罪して下さい。
フリー　え？　どっちなんですか？　たたむんですか？　たたまないんですか？
店長　どっちだっていいだろう！　欲求不満は欲求不満だからね。だったら乳《ちち》ぐらい揉《も》ませろ。
妻　謝って下さい、ちゃんと。
店長　すいません。明日から来ないでいいですよ。給料払いますから。いいでしょう？　それで。
えー、皆さんのことが心の底から嫌いでした。うわべだけの付き合いで私のことを本当はバカにしてる皆さんのことがどうしても好きになれませんでした。どうもすいません。
フリー　何言ってるんですか？
店長　大人になれなくてすみません。
フリー　自分が言ってることわかってます？
万引き娘　あの……
妻　先に給料もらってもいいですか？　もうこんな所来たくないんで。
店長　ないよ！　そんなもん。あったらとっとと首にしてるっつうの。
万引き娘　ちょっと、
店長　うるせえ！

万引き娘、店長を叩く。

万引き娘　あたしが罵るから、ちゃんと。

店長、万引き娘の前にひざまづく。

店長　痛いよ……痛い。痛いよ、痛い。
妻　……何なの？　これ。
フリー　さあ……何かのプレイじゃないですか？
妻　気持ち悪い。
フリー　あの、明日からも来ますから。きちんと払って下さいね、給料。
妻　あたしもお願いします。じゃあ。

妻、フリーター、去る。

母　……あの……あの、
店長　……はい。
母　今日は余ってませんか？
店長　え？

母　　　お弁当。
店長　　いや……
母　　　そうですか。
万引き娘　先生。
母　　　ん？
万引き娘　どう見えます？　私たち。
母　　　どうって……
万引き娘　お似合いですか？
母　　　……え？　うん、まあ。
万引き娘　お似合いだって。こら、クズ。
店長　　（照れて）うん。
万引き娘　私たち結婚します。
母　　　……そう、おめでとう。
万引き娘　はい！　ありがとうございます！
母　　　じゃ。

万引き娘、店長、去る。

［でんぐり返し］

母、生徒1、生徒2、生徒2の彼、登場。

母　……そう言われてもねえ。
生徒2　でも、もう私たちじゃ決められないんで。
母　でもあたしに聞いても……
彼　お願いします。
母　まあ、事情はわかったけど、それは、だって、三人の問題でしょう？
生徒1　私はまあこれでいいって思ってるんですよ。
生徒2　何が？
生徒1　何がって、三人でやっていければ。
生徒2　意味がわかんないんだけど。
彼　俺もわかんないわ、それは。
生徒1　いや、だから何度も言ってるでしょう、こうなってから、あたしすごくみっちゃんのことと理解できるようになったって。
生徒2　ふざけないでよ。
生徒1　え？　何か怒ってる？
彼　いや、怒るよ。何言ってるかわかってる？

生徒1　だから誤解だって。あたし、この人取ったりしてないよ。したくない、そんなこと。
生徒2　は？
生徒1　誤解してたら謝る。ごめん。でも中途半端な気持ちでこうなったわけじゃないから。
母　あのさあ、ねえ、ちっともわからないんだけど、そんなのうまくいくわけないでしょう。（生徒2を指して）あんたは（生徒2の彼を指して）こっちと、（生徒2の彼を指して）あなたは（生徒1を指して）こっちと、で、（生徒1を指して）あんたは（生徒2と生徒2の彼を指して）二人とやっていきたいなんて、これどうにもならないでしょう？
生徒2　だから先生に聞いてるんじゃないですか？
母　だからわからないって言ってるでしょう……何とかしてあげたいけど……

息子、登場。

彼　（立ち上がって）もう行こう。すいませんでした。（他の二人が立ち上がらないので）……もういいよ。三人で話そう。
生徒2　だからそれが出来なかったからここ来たんでしょう？
彼　いや、だって何か母ちゃんに怒られてるみたいだし、気持ちわりいっていうか。
生徒2　だって、あたし入れ墨だって入れたのに、（腕をまくって）こんなの。
彼　いや、それはお互い様だろう？　俺だってこれ（腕をまくってタトゥーを見せる）入れたこと恥じてないし、いや、これが俺の歴史だと思ってるところあるよ。お前とのこと全部。

生徒2　それは本当。野球部で骨折ったことも喧嘩《けんか》してこっちの耳あんま聞こえなくなったことも全部歴史だから、俺の。
生徒1　それ関係ないでしょう!
彼　あたしだって入れたよ。……見せられないところだけど。
生徒2　もちろん、俺も。(反対側の腕をめくる)
彼　ひどいよ!
母　ひどくない! うそつきたくねえから、俺は。全部本気だから。
生徒1　ちょっと、あんた達親からもらった身体《からだ》に、もう!
母　あたし、嬉しいよ! これでいいよ。だってこれ、いいことだよ。
生徒1　じゃあ、もう合体でもすれば? 三人で。
母　(生徒2の彼に) 歴史って。いいこと言うね!
生徒1　歴史じゃないよ! こんなのは。
母　じゃあ、何が歴史なんですか?
生徒1　歴史っていうのはもっと大きくて、逆らえない……
母　いや、これが私たちの歴史です。断言できます。逆に教えて下さい。先生自身の歴史って何なんですか?
息子　……(ウロウロする息子に) 何?
母　……あいつ、知らない?
　　……お客さん来てるって言ってるだろ。

息子　ちょっと。（携帯電話をいじりながら）ずっと連絡取れなくてさあ。何とかしてくれないと。
母　（息子の携帯電話を取り上げてどこかへ放り投げる）
息子、携帯電話を探しに行く。
生徒2　帰る。
彼　よし行こう。
生徒2　一人で帰る！
彼　何でだよ。まだ話終わってないだろう？
生徒2　……（自分の腕のタトゥーを指して）一生恨《うら》むから。
生徒1　あたしも恨むよ！　みっちゃんのこと。もうあたしだって戻れないんだから。何で三人じゃダメ？　三人寄れば文殊《もんじゅ》の知恵だよ！（生徒2の腕を掴む）
生徒2　痛い！
生徒1　（手を放して）ごめん。
母　（この後の生徒2の言葉と同時に）……いい加減にしてよ。ずっと……ずっと我慢してきたんだよ。機嫌《きげん》損ねないように、顔色うかがってびくびくして。旅行だってなんだって、行きたかったよ。一息ついて、趣味でも見つけて。お前のせいで何にも出来なかったよ。お父さん死んで、パート探して、くたくたになって、どうしたらいいんだよ！　え？　何とか言ってみろ！

生徒2　……（母親の言葉と同時に）あたし考えてたんだよ、将来のこととか……これからのこと……二人のこと。全部裏切られたんだよ！　わかる？

彼　……ごめん。

生徒1　考えよう？　これからのこと。三人のこと。

生徒2　……何なの？　あんた、本当……もうやだ。（泣いて）お母さーん！

母　（生徒2に気付き）何？　どうしたの？

生徒2　先生はお母さんじゃないでしょう！

母　あ、ごめん。

生徒2　出てってよ、みんな！

彼　お前の家じゃねえだろう？

生徒2　うるさい！……先生はいていい！

彼　……しょうがないよ。行こう。

生徒1　……わかってない。みっちゃんがいないと意味ないから。

生徒1、去る。

彼　そんなこと言ったって。……お邪魔しました。

生徒2の彼、去る。

母　……（息子に）どうする？　これから。

生徒2　（顔を伏せたまま）どうすればいいんですか？

母　え？　知らないわよ。こっちが聞きたいよ。

生徒2　私、死ねばいいんですかね？

母　くだらない。

息子　あいつ、どこ？

母　知らないよ！　もうやだ！　何にも言われたことない。ありがとうもごちそうさまも。ずっと殻に閉じこもって何考えてるの？　わかるの？　どんな気持ちでいたか！

生徒2　……（息子に近づいていって）産まなきゃ良かったよ！　あんたなんか！

母　ちょっと、

生徒2　そうしたらどれだけ幸せだったか！

母　ちょっと待ちなさい。

生徒2　だってこんなデクノボー、生きてたって何の価値もないですよ！

母　うるさいうるさい！

生徒2　ひどい！　先生のためを思って、

母　あんたに何がわかるの？　ずっと一緒にいたんだから。こんなのでも息子は息子なんだよ。口出しするな！

生徒2　します！　こんな関係、ぶっ壊した方がいいんですよ！

母　人のこと言えないでしょう。
生徒2　だからぶっ壊したじゃないですか!

生徒2、息子に近づいて何度も叩く。

生徒2　ほら! ほら! 何とか言ってみなさいよ! もう終わりですか? ここで。もう終わりなんですか? あなたは!
息子　(身体を守るようにしてしゃがむ)
母　ちょっと! 何するの!

母、生徒2を羽交い締めにする。

生徒2　痛い! だってこうでもしないと一生このままですよ、この人。
母　(息子に) お腹すいてない?
生徒2　どうでもいいでしょう! そんなこと!
母　よくないよ!
息子　……ったく……(ホーミーを始める)
生徒2　え?
息子　……(目をつぶって歩きながら独り言のように) おーい……ここだよ……どこ行った?……

早く出ておいで……

母、生徒2、ばつが悪くなり、その場に座る。

息子　何にも怖くないよ……（四つん這いになりダックスフンドの真似をする）アウアウ！　ハア ハア……

母、泣く。

生徒2、息子の前に立つ。

息子、手を伸ばし、生徒2を触る。

息子　ああ、こんなところにいた。……もう大丈夫だから。

生徒2　目、開けて。

息子　大丈夫。ちゃんと見えてるから。

生徒2　開けて……開けてよ。（息子の目を無理矢理開けようとする）

母　もうやめて！　もうわかったから。

母、泣き出す。

息子　……

生徒2　先生？……大丈夫？

母、泣き続ける。

息子、母に近づこうとするがなかなか近づけない。

生徒2、母に近づく。

生徒2　……（母に対して赤ん坊をあやすように）よしよしよし。ほーら怖くない、怖くない。

どうしたの？　うん？　ちょっと水。

息子　水……

息子、水を探してうろうろする。

生徒2、母を介抱する。

［変身］

管理人、妻、生徒1、登場。

生徒1　今日、あなたは誰と会いますか？
妻　（生徒1と同じ言葉をフランス語で言う）
生徒1　今日私は恋人と会います。
妻　（生徒1と同じ言葉をフランス語で言う）
管理人　ちょっと、うるさい。
生徒1　それはいいですね。
妻　（生徒1と同じ言葉をフランス語で言う）
管理人　おい。仕事探してるんじゃなかったのかよ。
妻　それより資格取ろうと思って。
管理人　何の？
妻　通訳。
管理人　真面目《まじめ》にやれよ。
妻　やってるよ。
管理人　あっそ。
妻　やめた！
管理人　……
妻　……つまんない。つまんない、つまんない、つまんない、つまんない。
管理人　うるさいって。俺の方がよっぽどつまんないよ。
妻　あたしの方がつまんないの。

管理人　つまんねえよ、俺だって。でも言わないようにしてるだろ？
妻　何で？　言えばいいじゃん。つまんない！
管理人　本当、やめて。
妻　つまんない！
管理人　ああ、つまんねえよ！
妻　死ぬまであとどのくらい時間あるんだろう。
管理人　知るか！……みんな同じだよ、そんなの。
妻　……ちょっとやってみない？
管理人　何を？
妻　子供がいる夫婦ごっこ。
管理人　何だよ、いきなり。
妻　暇つぶし。クロスワードばっかりやってるよりいいでしょ？
管理人　やだよ。
妻　今、寝たところ。
管理人　いいよ。
妻　今日ねえ、立ったよ。
管理人　ああ、そう。
妻　ぎゅーってここ掴んで。
管理人　へえ。もういいよ！

妻　……（立ち上がる真似をして）こうやって、こうやって、ゆっくり、口結んで鼻息荒くして……

管理人　あ、そう。

妻　山があるでしょう？　その頂上に登ればもっと見晴らしがいいって思ったんだろうね。こうやって背伸びして、でもどこに手をつけばいいかわからないんだよ。こんなとこ摑んじゃったりして。

妻、赤ん坊の動作を繰り返す。

管理人　あ、立った。

妻　立ってないよ。今寝てるとこ。

管理人　違う、こっち。（自分の股を指す）

妻　本当？……どうする？　どうする？　これから。

妻、管理人に近づく。

管理人　うん。

妻　あっち行く？

管理人　ああ、行こう。あ！

妻　何？
管理人　しぼんだ。
妻　え？

管理人と妻、その場にしゃがみこむ。
母、赤ん坊に戻ったかのように、四つ足で歩き出す。
生徒2はあやすようにしてその後を追いかける。

［関係の更新］

フリーター、万引き娘、店長、検品作業を始める。
検品が終わったものを店長が踏みつけたり、放り投げたりしている。
万引き娘、商品を摑んではポケットに入れていく。

フリー　店長。
店長　うん？
フリー　（作業を続けながら）あの……この作業の目的を教えてもらってもいいですか？
店長　目的？……さあ。

フリー　ああ、じゃあこの作業は意味がないんですか？
店長　意味はあるんじゃない？　（万引き娘に）ねえ？
万引き娘　はい。楽しいです。
店長　そう。楽しい。摑みたいだけ摑めよ。
万引き娘　はい。
フリー　……楽しい……楽しい……楽しくねえよ、一つも。（万引き娘に）お前ふざけんなよ。いいか。お前はダメだ。俺はいい。俺みたいのが世界を動かしてるんだよ。お前じゃない。

母、フリーターに机の上の商品を投げる。
フリーター以外の人々は笑いながら母をあやす。

フリー　私、やることがありますのでお先に失礼します。

[家族の肖像]

語学教師、登場。

語学教師　ボンジュール。

生徒1　ボンジュール。

語学教師　（テキストをめくりながら）えーと、どっからだっけ？

生徒1　恋人に会う前のところです。

語学教師　ウィー。今日、あなたは誰と会いますか？（その後フランス語で言う）

生徒1　（フランス語で）今日あなたは誰と会いますか？

語学教師　今日私は恋人と会います。（フランス語で）今日私は恋人と会います。

管理人　あ、立った。（股間）

妻　ウソ？

フリーター、封筒を一つ持って誰かに配ろうとするが配れない。
女、登場。フリーターの封筒を盗んで、何処かに置く。
息子、ホーミーを始める。
その声に誘われて息子以外、全員寝始める。
寝返りを打ったり、寝息を立てている。
その様はどこか幸福そうである。

息子　どうやら私は皆さん以外の私のようです。そして、この私はこの男に取り憑《つ》いて操っている私であります。いま、この愚鈍で衰えた四十過ぎのおっさんを操るこの私が十三階段を上っております。これといって何かをやりとげることもなく、無駄に過ごした人生の幕を降ろしてやろうというわけです。最後に言いたいことは……特になし。それもいいでしょう。

どこからか女の声が聞こえてくる。もしかしたら息子にしか聞こえていないのかもしれない。

女　おーす。
息子　のわ！　あのなあ、どこに行ってたんだよ。
女　ずーっと一緒にいたよ。どこ行くの？
息子　どこだっていいだろう。（別人格のような声で）「おい行くぞ」……ああ。
女　眠ってもいいよ。
息子　眠れないんだよ。「眠らせてやる！」
女　さっきちょっと寝てたよ。
息子　本当か？
女　うん。寝ようよ、
息子　ああ。
女　おやすみ。
息子　おやすみ。

息子、女の置いた封筒を拾って中身を覗く。

中には何も入っていない。
息子、振り返る。他の人物たちの寝息がかすかに聞こえる。
息子、ぼーっと突っ立っている。

終わり

あとがき

この原稿を書いている時点で東北関東大震災が起きて十日が経った。この未曾有の震災で現在三十八万人が避難所で生活をしている。死者と行方不明者は合わせて約二万人。福島の原子力発電所では、四棟の原子炉が何らかの爆発を起こしているし、放射性物質に汚染された水や牛乳や野菜などが見つかっているという予断を許さない状況だ。

このことは記録として残しておきたい。いずれ、そんなこともあったねと話すようになるのだろうか。それとも、あの日を境に全てが変わってしまったと思うのだろうか。現在、私たちはそんな状況を生きている。

僕は地震が起きる十日ほど前に受賞の知らせを聞いたのだが、日本がこんな状況になってしまい、受賞直後に何を考えていたのかきれいに忘れてしまった。現在、様々な公演やイベントが中止や延期になりつつある。僕が関わっていた企画も一つ中止になったし、もう一つの企画もどうなるかわからない。余震、停電、交通機関の遅延、放射性物質の飛散、人々の精神的不安、日本全体を覆う自粛ムード、世界からの福島第一原子力発電所への視線など、あらゆる方向から現在が非常事態であることを伝えてくる。

そんな中で、一体演劇に何ができるかを考えながらこの非日常的な日常を過ごし、少しずつ仕事をこなしている。僕の作品は強いメッセージを含んでいるわけでもないし、即効性のあるクスリのように機能するわけでもない。もう少し潜伏期間が長いものではないかと自分では考えているが、どんな効果があるかはよくわからない。そもそも何ができるかを考えることが演劇にとって必要か？という議論もあるかもしれない。しかし、ここでは考える必要があると言い切ってしまいたい。

私たちは今回の震災とそれに続くいくつかの危機によって、自分たちの居場所を明確に記していたはずの地図を無くしてしまったか、もともとそんなものを持っていなかったことに気付かされてしまったから。今私たちが手元に持っている地図はてんでばらばらで、地道に修正していかないと役に立たない。そのために私たちは集まる場を提供する必要がある。

演劇は虚構でありながらも、その場にいる皆と共有できる現実でもある。虚構でもあり現実でもあるというその中二階的な立場から、その位置を緩衝地帯と呼んでしまいたい。演劇の空間は虚構と現実を橋渡しする「間」として存在する。現実に直面するでもなく、虚構に逃げるでもなく、どちらからも距離を取りながら、もしくは片足ずつ足を突っ込んで保留することもできる「間」であることをもっと積極的に言っていくのはどうだろう？「間」にいることで見えてくる現実もあるだろうし、秘めていた妄想や偏見に気付いて慌てふためくなんてことも。

もちろん、凄惨な現実に遭遇した当事者にとっては、演劇は何の役にも立たないかもしれない。目の前の現実を受け入れることに精いっぱいの状況では演劇は無力だ。けれど、いつかこの「間」が必要な時が来るはずだと思っている。何故なら人は「物語」だからだ。人は物語を必要としているという言い方では足りない。

僕にとっては「物語」とはいわゆるフィクションのことではない。ある事実とある事実を線で結びつけて、何かを想像する主体のことと言ってもいい。線の引き方は観客の自由だ。俳優がそこにいて、「暑い」とでも喋って、エアコンのスイッチを入れたという幾つかの事実が並んだだけでも、観客の中では「物語」が作動し始める。例えるなら星座だろう。星と星の間に線を引いて絵を描く。観る人によって線の引き方が違うことが面白い。甘いラブストーリーが恐怖をもたらし、酷い殺人の話が笑い話に転化したって構わない。観る側、体験する側の自由だ。

「物語」とは事実を経験することで自動的に生じる各人の創作物で、極端にネガティブに言えば偏見であり、ポジティブに言えば理想のようなものではないだろうか。誰もが持っている現実を処理するオリジナルな偏向フィルターのようなものだ。だから、人によって現実の見え方がまるで違う。困ったことに人間はそのような「物語」のフィルターを通してしか事実を捉えられないという感覚が僕にはある。偏見と理想が乱立して収拾つかないという感覚。誰もが自分の「物語」で相手を包もうとし、相手の「物語」も自分のフィルターを通して再「物語」化する。意見が対立するかと思いきやお互いどこかずれたまま会話が進んでいく。これは特に不条理ではない。リアルな風景だ。自分の「物語」の根拠となるはずの「大きな物語」はとっくに消えてしまったから。

しかし、これからはどうだろう？　少しずつでもしぶしぶでもいいから共有できる地図を一から作っていかなくてはならない気がする。生きていくために。

「間」を共有して、私たちがそれぞれ偏見や理想という「物語」を持たずには生きられないことをお互いに認識して、笑ったり、腕組みしたりと突っ込みを入れ合うことが新しい地図への第一歩だと思う。私たちは同じようで違うなあとか、違うようで同じだとかを肌で感じられることに演劇の希望はある。

今回収録された受賞作『自慢の息子』および『家族の肖像』は、もちろん地震の前に書かれたものであるが、今書いてきたこととそんなに矛盾するわけではないと思う。とにかく、自分がどこに立っているかわからないよ！　とフラフラしている人間を描いてきたし、それはもはやゾンビのようにしか見えないというモチーフはこれからも変わりそうにない。ゾンビの群れがどこにたどり着くのかを長い眼で追い続けていきたい。いや、たどり着かなくても別に構わない。愛嬌があれば何とかなるよ！　と声を掛けたい気持ちに近い。子供の成長を見守るように。

最後に、サンプルの公演に関わって下さった全てのスタッフ、キャストの皆様に感謝します。あなた方がいなければこれらの作品は生まれなかったでしょう。また、あらゆる面で僕を支えてくれた妻と娘に感謝を。

そして、何よりこの本を読んで下さった皆様に感謝いたします。

松井　周

二〇一一年三月二十二日

上演記録

『自慢の息子』 作・演出=松井 周

2010年9月15日［水］—21日［火］ 東京：アトリエヘリコプター
2010年9月25日［土］—26日［日］ 大阪：精華小劇場

出演= 古舘寛治(サンプル・青年団) 古屋隆太(サンプル・青年団)
兵藤公美(青年団) 奥田洋平(青年団) 野津あおい 羽場睦子

スタッフ= 舞台美術/杉山 至+鴉屋
照明/木藤 歩
音響/中村嘉宏
衣装/小松陽佳留(une chrysantheme)
舞台監督/熊谷祐子
演出助手/郷 淳子
演出助手・WEB/牧内 彰
ドラマターグ/野村政之
英語字幕/小畑克典
フライヤーデザイン/京(kyo.designworks)
宣伝写真/momoko japan
記録写真/青木 司
記録映像/深田晃司
制作/三好佐智子 坂田厚子 坂本もも
企画・製作/サンプル・(有)quinada《キナダ》
共催/精華小劇場演劇祭実行委員会・大阪市
助成/公益財団法人セゾン文化財団、平成22年度文化庁芸術文化振興基金、財団法人アサヒビール芸術文化財団
協力/青年団 (有)レトル シバイエンジン

『家族の肖像』 作・演出=松井 周

2008年8月22日［金］—31日［日］ 東京：アトリエヘリコプター

出演= 辻美奈子(サンプル・青年団) 古屋隆太(サンプル・青年団) 古舘寛治(サンプル・青年団)
羽場睦子 木引優子(青年団)
江原大介 岡部たかし 中川 鳶 成田亜佑美
西田麻耶(五反田団・マヤ印) 野津あおい 村上聡一(中野成樹+フランケンズ)

スタッフ= 舞台美術/杉山 至+鴉屋
照明/西本 彩
衣装/小松陽佳留(une chrysantheme)
舞台監督/小林 智
ドラマターグ・演出助手/野村政之
フライヤーデザイン/京(kyo.designworks)
宣伝写真/momoko japan
WEB運営/牧内 彰
記録写真/青木 司
記録映像/深田晃司
制作補佐/有田真代(背番号零)
制作/三好佐智子
企画・製作/サンプル・(有)quinada《キナダ》
協力/青年団 (有)レトル E-Pin企画 五反田団 中野成樹+フランケンズ シバイエンジン 原真理子

著者紹介　　松井 周 まつい・しゅう

1972年、東京都出身。劇団「サンプル」主宰。
1996年に平田オリザ率いる劇団「青年団」に俳優として入団。その後、作家・演出家としても活動をはじめ、青年団若手自主企画公演『通過』(第9回日本劇作家協会新人戯曲賞入賞)、『ワールドプレミア』(第11回同賞入賞)、『地下室』、『シフト』を経て、2007年9月『カロリーの消費』で正式に劇団名を「サンプル」として、青年団から独立する。都内の劇場で作品を発表しつつ、フェスティバル/トーキョー09や精華演劇祭などにも参加。2008年『家族の肖像』、2009年『伝記』『通過(再演)』『あの人の世界』、2010年『自慢の息子』を上演。
プロデュース公演での作・演出作品として2010年の北九州芸術劇場プロデュース『ハコブネ』、戯曲提供作品としては同じく2010年の『聖地』(演出:蜷川幸雄)がある。また、海外の戯曲を演出することにも意欲的で、2008年『Phaedra's Love』(作:サラ・ケイン)、2009年『Fire Face』(作:マリウス・フォン・マイエンブルグ)などを上演。その一方、自作品の『シフト』『カロリーの消費』がフランス語に、『地下室』はイタリア語に翻訳されている。近年は大学講師、小説やエッセイなどの執筆活動、CMや映画、ドラマへの出演など幅広い活動を行う。

上演許可の申請は、有限会社quinada《キナダ》(東京都世田谷区) 090-9393-0809 samplenet@gmail.comまで。

自慢《じまん》の息子《むすこ》

2011年4月5日印刷
2011年4月25日発行

著者©　松井 周
発行者　及川直志
発行所　株式会社 白水社
〒101-0052 東京都千代田区神田小川町3-24
電話 営業部 03-3291-7811
編集部 03-3291-7821
http://www.hakusuisha.co.jp
振替 00190-5-33228
印刷所　株式会社 理想社
製本所　誠製本株式会社

乱丁・落丁本は送料小社負担にてお取り替えいたします。

Printed in Japan
ISBN 978-4-560-08133-4

岸田國士戯曲賞　受賞作

第54回（2010年）
柴 幸男
わが星
地球の誕生から消滅までをめぐる物語が、団地にくらす少女の日常にかさなりあいながら描かれてゆく、現代口語ブレイクビーツ・ミュージカル。

第53回（2009年）
蓬莱竜太
まほろば
祭囃子が響くなか、男たちは神様をかつぎ、女たちは家系を絶やさぬ方法について言葉を闘わせる——。日本という国家を逆照射するホームドラマ。

第52回（2008年）
前田司郎
生きてるものはいないのか
あやしい都市伝説がささやかれる大学病院で、ケータイ片手に次々と、若者たちが逝く——。とぼけた「死に方」が追究されまくる、傑作不条理劇。

第50回（2006年）
佃 典彦
ぬけがら
家を追い出された息子と、“脱皮”を繰り返して若返っていく父親の物語。6人の父親が語る記憶とは……。「秀逸なアイデア」と選考委員が絶賛。

三浦大輔
愛の渦
裏風俗店でボディ・トーク！　乱交パーティーに集う若者の本音が語られる、性欲がテーマの会話劇。「肉体関係者」たちが織りなす、グロテスクな人間模様。

第49回（2005年）
岡田利規
三月の5日間
イラク反戦デモを尻目にラブホで4泊5日——岸田賞受賞の表題作の他、2作を収録。チェルフィッチュこと超リアル日本語演劇の旗手によるデビュー作品集。

第43回（1999年）
ケラリーノ・サンドロヴィッチ
フローズン・ビーチ
カリブ海の小さな島にある別荘。そこへ集う5人の女たち。この家で双子の妹が仕掛けた、ある殺人計画が実行された……。サスペンス・コメディーの傑作。

第41回（1997年）
松尾スズキ
ファンキー！
宇宙は見える所までしかない
お笑いTV番組の制作者シマジとその同僚は、バッド・トリップにのみこまれてゆき……。暴力と悪趣味に浸された「自分探しの哲学」。